TAKE
SHOBO

二度目の結婚生活で甘く豹変した夫に初めてを奪われました

森野りも

ILLUSTRATION
茉莉花

蜜夢
MITSU
YUME

CONTENTS

MITSU YUME

イラスト／茉莉花

二度目の結婚生活で
甘く豹変した夫に
初めてを奪われました

プロローグ

夫に口付けられ、真冬《まふゆ》の思考はフリーズした。

リビングのソファーに並んでコーヒーを飲み、会話をしていただけのはず。それなのに。

「俺と別れている間に、この唇……俺以外の男に触れさせた？」

執着の滲《にじ》む声が鼓膜をくすぐる。

「い、今のが……はじめてで……っん……」

蚊の鳴くような声は再び彼の唇に飲み込まれた。

「……真冬、力抜いて……口、開いて」

「んんっ……⁉」

自分の口の中が夫の熱い舌で弄られている。ひどく生々しい動きに背筋をゾワリとした感覚が走る。

彼は大企業の次期経営者で、優秀な頭脳と端整な容姿を持つ大人の男性だ。本来なら自分を妻に選ぶなどありえない。

だから前回の夫婦生活ではキスどころか指が触れることすらなかったのだ。

今回の結婚も打算だらけの一時的なもので恋愛感情などないし、普通の夫婦のように初夜を迎えるなんて考えてもみなかった。

それなのになぜ彼は今、自分の唇を貪り熱い息を吐いているのだろう。必死に考えようとするが、動揺で頭が動かない。どうしたらいいかわからないまま真冬は彼の行為に翻弄された。

やがて彼は真冬の耳元に唇を寄せ甘い声で囁《ささや》く。

「君が欲しいんだ」

請うような響きに勘違いしそうになる。自分が愛する妻として心から彼に求められていると。

そんなことあるはずないとわかっていながら、真冬の感情と身体は夫の求めに反応し熱を帯びた。

1．元夫との気まずい再会

「おはよう真冬ちゃん！　今日も朝から忙しそうだねぇ」

のんびりとした様子でオフィスに入ってきた社長に、デスクで資料の最終チェックをしていた柳沢《やなぎさわ》真冬は顔を上げた。

「社長、おはようございます。昨日の夜メールでご指示いただいたデータ作成をしていました」

真冬が勤めるここ〝株式会社ＳＫテキスタイル〟は服飾からインテリアに至るまで各種素材の開発や製造を手掛ける中規模の繊維メーカーで、スポーツ用の繊維素材に強みがある。

国内二か所に製造工場を持ち、従業員１７８人。本社は東京都町田市で、駅から徒歩十五分のオフィスビルに入っている。

入社と共に本社総務部総務課に配属された真冬はこの春四年目に入ったところだ。

総務とはいえメンバーは三人でお客様対応から経理的な処理まで行うなんでも屋のような部署だ。

今朝も出勤すると社長から直々にデータ作成の指示が入っていたので、他の仕事を後回しにして取りかかっていたのだ。

「あーそっか、ごめんごめん僕のせいか。急に今日の午前中までにって依頼しちゃったもんな。でもパソコンを見つめる難しい顔も悩ましくて魅力的だよ。オジサンくらくらしちゃう」

社長はオフィスの奥にある執務室に向かいながら真冬にニコニコと笑いかける。

「社長、資料はいつもの場所にフォルダを作ってアップしておきますのでご確認お願いします」

「おー華麗なスルー。年下の綺麗《きれい》な女性に冷たく流されるのってたまらないな。やっぱり真冬ちゃん僕の嫁にならない？」

話し足りないのか、中に入らずドアを背に喋《しゃべ》り続ける社長に真冬はいつものように返事をする。

「ご冗談を」

綺麗などと言ってくれているが、社長が本気でないことはわかっている。

自分の見た目はいたって普通だと真冬は認識している。身長は161センチで平均よりやや高いが、スタイル抜群なわけでもないし、目を惹《ひ》くような美人でもない。

人と多少違うとしたら、肌が白いことだろうか。生まれつきの肌質もあるが、部屋にこもりがちの生活をしてきたことが大きいかもしれない。

実家にいた頃は、白い肌に加え黒い髪を伸ばしていたため義母に〝幽霊みたいで気味が悪い〟と言われていた。

社会人になってからは美容院で肩下あたりでカットしてもらっている。

今日は髪を後ろで束ね、服装は白いブラウスにネイビーのパンツを合わせ、カーディガンを羽織ったザ・オフィスカジュアルだ。

社長とのこういうやりとりはいつものことなので、同僚たちも「ほら、社長、柳沢さんの仕事の邪魔しないでくださいね」などと笑っている。

「えー、やっぱり僕がバツイチなのがネック？　もう十年以上前の話だし、きれいさっぱり別れて子どももいないよ」

「いいえ、人にはいろいろな事情があって当然ですから。ただ私には社長のような立派な方の相手なんて務まらないというだけで」

第一私は二十六歳で年の差は社長と一回り以上ありますよと言ったら『愛があれば年の差なんて』と返ってくるのがわかっているからあえて言わない。

すると社長は「また振られたかぁ」と苦笑しながら頭を掻《か》いた。

ＳＫテキスタイル社長、白川朔也《しらかわさくや》は現在四十歳。

大手精密機器メーカーで管理職をしていた白川は、六年ほど前に叔父である前社長が体調を崩したため、押しつけられるように社長を引き受けることになった。あまりに急なことに本人曰《いわ》く〝寝耳に熱湯〟だったらしい。

若く、業界の経験がない彼を不安視する声はあった。しかも当時会社は工場の設備投資に失敗し多額の損失を出した状態だった。

しかし社長就任早々、白川が行った業務改善施策が功を奏し経営はなんとか持ち直し今に至っている。前社長の体調は回復したが、経営は白川に任せ静養に専念しているそうだ。

白川本人は自らをオジサンなどと言うが謙遜だ。

長身で清潔感のある短髪、少したれ目気味の甘い顔つきに整えられたあご髭《ひげ》。

〝ちょい悪社長〟と社員から親しみをもって呼ばれ、常にユルい雰囲気を纏《まと》った話しやすい人柄だ。

総務のメンバーは真冬の他に四十代の女性社員と五十代の男性社員がひとりずつ。二十六歳の真冬が一番年下で声をかけやすいのか、白川はなにかと構ってくるし、いつの間にかこまごまとした用事を頼まれる秘書のような立ち位置になっている。

白川は軽口は叩《たた》くが、真冬に指一本触れたこともないし、仕事には誠実で真摯だ。最近は特に忙しいようで、真冬への指示メールも昨日の夜中に発信されていた。

過去の損失が尾を引いて今のＳＫテキスタイルの経営状況は決して良いとは言えない。でも社長が頑張ってくれているから真冬は職を失わないでいられる。

だから多忙な彼の息抜きであろう軽口に調子を合わせつつ、仕事は期待以上の成果を上げたいと毎日業務に励んでいる。

やっと執務室に入る気になったのか、扉に手を掛けながら白川は言った。

「あ、そうだ真冬ちゃん、今日の三時にすごーく大事なお客様が見えるんだ。出迎えは僕がするからコーヒーを出してもらえるかな。先方はひとりでいらっしゃる」

「はい、承知しました。応接室にお持ちしますね」

真冬は返事をしてから、パソコンのスケジュールに来客のリマインダーを打ち込んだ。


昼休み、同僚たちは近所の食堂に行ったため、真冬は会議室でひとり自作の弁当を広げた。

真冬も彼らと一緒に外ランチに出ることもあるが、節約のために弁当を持参することが多い。

オフィスはビルの十階にあり、この会議室の窓は横浜方面に開けていて眺めがいい。今日のような快晴の日は特に解放感がある。

自作の出汁巻き玉子を口にしながら真冬は頰を緩めた。

「ん、おいしい」

二十六年間の人生の中で今が一番精神的に落ち着いている。真冬は心からそう思う。

就職活動が遅れたこともあり、どの会社からも内定をもらえなかった大学四年の秋、この会社への採用が決まった時は本当に嬉《うれ》しかった。

世間知らずでバイトひとつしたことがなく、コミュニケーション能力も愛嬌《あいきょう》もなかった真冬は職場になじむのに時間がかかったが、社長をはじめとした同僚たちは仕事上では厳しく、人としては優しく接してくれた。プライベートに必要以上に踏み込まないでくれるのもありがたかった。

この会社でなければ自分は働き続けることができなかったかもしれない。

少しでも彼らの、そして会社の役に立ちたいという思いから、この三年間で簿記やオフィスソフトの技能資格などを身に付けてきたし、できる仕事はなんでも率先して引き受けてきた。日々忙しいがやりがいを感じている。

自分の意志で働き努力する。誰の顔色も窺《うかが》わなくていいし、しがらみもない。

（普通なら当たり前のことかもしれないけど、四年前を考えたら嘘《うそ》みたいだなぁ）

そこまで考えて真冬はふと朝の白川の言葉を思い出した。

「『バツイチなのがネック』かぁ。それを言ったら私もネックありになっちゃうな。まあ、〝再婚〟する予定も相手もいないけど」

今の生活になんの不満もない。きっとこれからも忙しくも穏やかな日々が続いていくのだろうし、どうかそうであってほしい。

弁当を平らげた真冬は水筒のお茶を飲みつつ、窓の外の景色をぼんやりと眺めた。

「応接室に行ってきますね」

午後二時五十五分、もうすぐ社長への来客の時間だ。パソコン作業を中断した真冬は同僚に声をかけコーヒーの準備をするために席を立つ。

（そういえば、お客様の名前を聞くのを忘れちゃった。コーヒーをお出しするだけだから構わないか）

給湯室に向かいつつ、もう先方は見えただろうかと廊下から受付の方を窺うと社長の後ろ姿、そしてその向こうに長身の男性が立っているのが見えた。

社長と言葉を交わしている彼の顔を認識した瞬間、目を見開きその場から動けなくなった真冬は意識に声を漏らしていた。

「……うそでしょ」

似ている人かと思った。しかし、彼ほど見目麗しい男性はこの世にふたりといないから間違いない。

百八十センチはある高身長、長い脚、均整の取れた身体をダークネイビーのスーツが包んでいる。

彫りが深くアーモンド形の整った目に高い鼻、口は大きめで唇は薄い。それぞれのパーツが顔の上にバランスよく配置されている。見た目の良さだけでなく落ち着きと自信に満ち溢れたオーラに目を奪われる存在だ。

数秒固まった後、真冬は息を詰めたまま回れ右をして給湯室に駆け込んだ。

「間違いなく、八雲《やくも》さんだ……」

誰もいない狭い空間で吐き出すように独り言ちる。

八雲柊《しゅう》、国内有数の大手化学メーカー八雲ケミカルグループ創業一族を率いる社長の長男で、まごうことなき御曹司だ。

自分と結婚していた時彼は二十九歳だったから今は三十三歳になっているはず。

そう、柊は二度と会うことはないだろうと思っていた、真冬の〝元夫〟なのだ。

＊　＊　＊

真冬は幼い頃、福岡で母とふたりで暮らしていた。

物心がついた時から父親はいなかったが寂しいと思ったことはない。決して裕福ではなかったがアパートでの母との生活は幸せだったから。

母は明るく愛情深い人だった。忙しく働きながら懸命に真冬を育ててくれた。

『真冬、お母さんこれからちょっと忙しくなるから東京のお父さんのところで暮らしてくれる？』

母に突然切り出されたのは真冬が小学校に上がる直前、新品のランドセル、母お手製の手提げ袋や上履き入れを前にワクワクしていた時だった。

真冬の父親が東京にいるというのだ。

父の名前は柳沢敬一郎《けいいちろう》。

柳沢家は古くは北陸地方の豪族の流れをくむ家系で、曽祖父が戦後東京で興した商売が成功、財を成し今は不動産会社を経営していた。

その柳沢家の跡取り息子である敬一郎と母は仕事の関係で知り合ったそうだ。母は一般企業に就職してほどなかったが、交際している間に真冬を授かった。

『あなたのお父さんとは、いろいろあって結婚できなかったのよ』

母は言葉を濁していたが後からわかった。ようは父が既婚者だったのだ。母は妊娠していることを父に告げないまま別れ、福岡で真冬を出産した。

母の両親はすでに他界していたので独りで子育てをしなければならなかったが、故郷に戻ったのは生まれ育った土地の方が安心できるという理由だったようだ。

複雑な事情を当時の真冬は知らなかったし、もし知っても幼かったので理解できなかっただろう。

迎えに来た祖父に連れられ福岡を発つ別れ際、母は『真冬、大好きよ。元気でね』と真冬を抱きしめた。

わけのわからないうちに母と引き離された真冬は練馬区の高級住宅街にあるお屋敷に住むことになり、苗字も柳沢に変わる。

当時屋敷には祖父母と父、父の妻が暮らしていた。

アパートとは比べ物にならないくらい広くて立派な邸宅。真冬には広い一室があてがわれた。でもちっとも嬉しくなかった。

今まで母とひとつの布団で身を寄せ合いながら寝ていたのが、しんとした部屋のベッドでひとり眠るようになった真冬は母が恋しくてしかたなかった。

それでも〝お母さんは忙しい用事が終わったらきっとすぐ迎えにきてくれる〟と母と会える日が来るのを想像し、寂しさを紛らわせていた。

だが、母に会うことは二度と叶《かな》わなかった。

真冬が東京にきて半年後、母は亡くなった。乳がんだった。

病気が発覚した時すでに手遅れで、自分の命が長くないことを知った母はひとりになってしまう真冬を憂慮し、父に連絡を取り柳沢家に娘を託す決断をしていたのだ。

しかし、父が真冬に愛情をかけることはなかった。妻の手前もあったのかもしれない。

父の妻、柳沢咲江《さきえ》は古くからある商社の社長令嬢で真冬の祖母の遠縁にあたる女性だった。突然現れた夫の隠し子に憤慨し引き取ることに反対した。

義父である真冬の祖父に命じられ仕方なく容認したのは、当時父と咲江の間に子どもがいなかったからだろう。柳沢の血を途絶えさせるわけにはいかなかったのだ。

当然、咲江は真冬を快く思わず冷淡な態度を取り続けた。

父も真冬のことは妻や使用人に任せきりで関わる機会はほとんどなかったし、祖母は咲江の味方だったので冷たくそっけなかった。

見た目が父に似ていたら少しは違ったかもしれないが、真冬の顔つきも黒髪も肌の白さまでも母親似だった。親子関係を疑われＤＮＡ鑑定までされたらしい。父の子であることが証明されただけだったそうだが。

唯一優しく接してくれたのが祖父の柳沢鉄太郎《てつたろう》だった。孫娘を不憫《ふびん》に思ったのか、柳沢不動産の社長として忙しい合間を縫って外に連れ出してくれたり、好きなお菓子を買ってくれたりした。

母が亡くなった時、真冬を連れて福岡に行き葬式を済ませてくれたのも祖父だ。

真冬が柳沢家の娘となって一年後、父と咲江の間に念願の子どもが生まれる。男の子で浩太郎《こうたろう》と名付けられた。跡取り息子の誕生に父も祖父母もとても喜んでいた。

そんな中真冬は咲江と祖母の会話を偶然聞いてしまう。

浩太郎をあやしながら『こんなことなら真冬はいらなかったかしら』という祖母に咲江は笑った。

『真冬にはせいぜい柳沢のためになる家に嫁いでもらいましょう。今となったらそれくらいしか利用価値がないですから』

彼女たちのいる部屋のドアの外で真冬は立ち尽くした。

当時小学二年生だったが、自分が不要な存在と思われていることはよくわかった。

母を亡くして間もなかった真冬の心は暗く強張った。元々物静かな性格だったが、その頃から更に自分の感情を表に出さなくなっていった気がする。

そんな真冬に『まったくかわいげがない子ね』と義母の仕打ちはひどくなる。祖父が不在の間は完全に存在を無視されるか、逆に癇《かん》に障ってしまうと叱責された上〝反省〟のために薄暗い納屋に何時間も閉じ込められた。

真冬への行為を義母は祖父に知られないように巧みに隠していた。真冬も幼心に忙しい祖父を自分のことで煩わせたくないと思い黙っていた。

自分が言うことを聞いて静かにしていればやり過ごせるし、だれも困らない。そう思うようになった。

それでも浩太郎とは祖父の目があるところでは一緒に遊ぶことができた。無邪気にじゃれてくる半分血のつながった弟はかわいくて、彼も真冬を慕ってくれていたと思う。

しかし真冬が中学一年の時、唯一の理解者である祖父が亡くなると咲江からの風当たりがさらに強くなり、空気を察した弟からも距離を置かれるようになった。

祖父の後を追うように祖母が亡くなった後、柳沢の家は完全に咲江が取り仕切るようになる。

さすがに物理的に閉じ込められることはなくなっていたが、精神的締め付けは続いた。

『真冬はしかるべきところに嫁にいくのだからそのつもりでいなさい』と言われたのは高校に進学してすぐ。それからは花嫁修業もこなすようになった。

勉強も習い事も言われるままに取り組んだ。それでもうまくいかないと『所詮愛人の子ね』と母を引き合いに出された。

『真冬はしっかりしているけど、自分の気持ちを押し殺してしまうところがあるからおじいちゃんは心配だ。自分の人生は自分で決めていいんだよ。少なくとも大人になったら誰にも縛られる必要はないんだからね』

祖父は亡くなる前に病床で真冬の頭を撫《な》で、困ったように笑った。

幼い時に母を亡くし〝いらないもの〟にならないために大人の顔色を窺いながら育ってきた真冬には、自分の人生は自分で決めるという言葉の意味はわかっても、自分事として理解できなかった。

大学四年になってすぐ縁談が来たときは思ったより早いなと思った。

大学は卒業できると思っていたけれど、夫になる人に退学するように言われるかもしれない。残念だけどそのときは諦めようと思った。

真冬はどんな人でも嫁ぐつもりでいたが、相手を聞いて驚いた。

日本屈指の巨大企業八雲ケミカルグループの御曹司、八雲柊。当時二十九歳。家柄も総資産も企業の規模も柳沢家とは比べ物にならないほどに強大な一族の次期家長だ。

どう考えても釣り合っていない縁談は、真冬の父が柊の祖父である八雲茂《しげる》に持ち込んだものだった。

当時柳沢不動産は父が新しく手を出した倉庫事業に失敗し、経営が傾いていた。

父は真冬の亡き祖父と茂が学生時代の旧友だった縁に縋《すが》り、資金援助を請いに行った。

さらに頼まれてもいないのに柊の嫁に娘はどうかと申し出たのだ。

よくもまあ父は図々しくそんなことを言い出せたものだ。

八雲家からしたらありえない話だ。余計な金を提供した挙句、格下の家の娘を跡継ぎの嫁に迎えることになるのだから。

しかし、そのありえない話が現実になった。茂は柊に真冬と結婚するように命じたのだ。

もうすぐ三十歳になろうとしているのに結婚する兆しもなく、縁談をすすめても面倒だからと会おうとしない孫の態度に茂はしびれを切らしていたようだ。この際、だれでもいいから結婚させてしまえと思ったのだろう。

父に連れられて柊と初めて会ったのは、見合いの席でもどちらかの家でもなく、当時入院中の茂の病室。しかも雰囲気は最悪だった。

真冬たちより後に病室に入ってきた柊は瞬時に祖父の思惑を理解したらしい。『なにも聞いていないんですが。騙《だま》し討ちですか』と顔を歪《ゆが》めていた。

『ここにいる柳沢の孫娘と結婚して跡取りをつくれ。拒否するなら個人名義で所有している株は息子や孫に相続させないように遺言を書くからな』

八雲ケミカルの会長である茂は八雲グループへの影響力がなお強く、かなりの数の自社株を所有していた。

柊も彼の父もなんとかたしなめようとしたが、茂の意志は変わらなかった。

大量の株を外部に流出させるわけにはいかないと判断した柊はその場で祖父の命を受け入れた。驚くことにそれから二か月後には婚姻届を提出し、ふたりは新婚生活を始めることになった。

柊がこの結婚に不満があることは明らかだった。彼は真冬のことをよく思っていないどころか、厄介者と嫌っていたに違いない。

だから新婚生活最初の夜、離婚届を差し出しながらこう言ったのだ。

『悪いが俺は君と夫婦として過ごすつもりはないし、子どもをつくるつもりもない。時期が来たら離婚してもらう』

その後〝時期〟が来て、あと腐れなく離婚は成立したが、真冬が柊の尊い戸籍に傷をつけてしまったのは確かだ。

一気に昔を思い出していた真冬は深い溜息《ためいき》をついた。

「社長の〝すごーく大事なお客様〟が八雲さんだったなんて」

大企業の経営側の人間が自らＳＫテキスタイルのような中規模企業を訪れるとは、よっぽど重要な話なのだろう。

「うぅ、正直、今更あの人と顔を合わせるのは気まずすぎるんですが……」

しかしふたりはもう応接室に入っているはずだ。すぐにコーヒーをお出ししないと失礼になる。急に他の人に変わってもらうのも挙動不審に思われそうだ。

しかたない、と真冬は気持ちを切り替えた。

第一、自分たちは〝円満離婚〟している。トラブルがあったわけでも遺恨があるわけでもない。

「それに、コーヒー運んできた一般社員の顔なんてちゃんと見ないだろうし、私だと気づかれない可能性もあるよね」

万一気づかれたとしても、冷静沈着な彼のことだ。眉一つ動かさずにスルーしてくれるだろう。

真冬は自らに言い聞かせながらコーヒーマシンを起動させた。

「――失礼します」

トレーにコーヒーをふたつのせ、真冬は応接室のドアを静かに開けた。中ではすでに白川と柊がそれぞれ手にした資料を見ながら談笑していた。

「あ、真冬ちゃんありがとう」

存在感を消すことにだけ集中していた真冬は白川に名前で呼ばれたことに動揺し、手元がわずかに揺れてしまった。その拍子にコーヒーカップがカチャンと小さく音を立てた。

「あっ」

「大丈夫ですか？」

素早く反応した柊がソファーから立ち上がり、長い脚で真冬に歩み寄った。

「は……はい、すみません」

コーヒーはギリギリ零れず無事だ。危なかったとホッとしてトレーから顔を上げた真冬は目の前に立った柊とばっちり目が合ってしまった。

（……近くで見ても、相変わらず顔がいい。いや、むしろ四年前よりかっこよくなってるような）

元々恐ろしく顔立ちが整った人だったが、年を重ねて大人の魅力が加わり色気のようなものが搭載された気がする。

あまりの柊のイケメンぶりに目を奪われ状況を忘れてしまった真冬に対し、柊はさして驚いた様子もなくじっとこちらを見ている。

なぜか見つめ合う形になってしまっていると、白川が笑いながら言った。

「おっと、これだけ男前だと、普段からイケメン社長を見慣れている真冬ちゃんも見とれちゃうか、妬けるなぁ」

揶揄《からか》うような声にハッと我に返る。

「あの、大変失礼しました……どうぞおかけください」

白川の冗談にうまく返すこともできないまま真冬が慌てて頭を下げると、柊は黙ってソファーに腰かけた。

(結局気づかれちゃったけど、やっぱり八雲さんは顔色一つ変えなかった。さすがだわ。よし、コーヒーを出してさっさとこの部屋から脱出しよう)

真冬は仕切り直してテーブルにカップを置くと白川が笑顔で話し出す。

「ちょうどよかった。八雲さん、彼女がこの資料を作ったんですよ。うちの総務の柳沢です。真冬ちゃん、この方は八雲ケミカルの専務の――」

「初めまして、八雲といいます」

柊は白川が言い終えるか終えないかのタイミングで再び立ち上がり、すっと名刺を差し出してきた。

バッチリ初対面を装ってくれているが、彼の笑顔から妙な迫力と冷ややかなものを感じ

る。

（八雲さんはやっぱり私と結婚してたなんて知られたくないんだろうな）

きっと余計なことを言うなよという圧なのだろう。もちろんこちらもそのつもりだ。

トレーをサイドテーブルに置き背筋を伸ばして「頂戴します」と両手で名刺を受け取る。

そこには〝八雲ケミカル株式会社専務取締役　八雲　柊〟と記載されていた。

「ＳＫテキスタイルの総務課に所属しております柳沢真冬と申します。今は名刺を持ち合わせておらず申し訳ありません」

「柳沢さんは白川社長の秘書ではないのですか？」

柊の質問に白川が笑顔で答える。

「うちは秘書に人員を割くほどの余裕はないんですよ。彼女が優秀なのに甘えて僕がいろいろ世話を焼いてもらっているんです」

「いえ、私は社長のおかげで勉強の機会をもらえているだけです」

実際、入社当時から社会人として基本的なことから経営に近い知識まで教えてくれたのは社長の白川だ。

「僕のおかげなんて言われると悪い気はしないな。でも彼女は本当に努力家で、独学で工業簿記二級も取得しているんですよ。データにも強いですし資料を作らせても的確で、社内でも抜きんでて優秀だと評価しています」

「社長……」

お客様の前だから社長はあえて褒めてくれているのかもしれないが、嬉しくなりつい頬が緩む。

「白川さんがおっしゃるように、この資料も全部あなたが？」

柊はテーブルの上にある何枚かの紙の資料を手に取った。

公表して差し支えない範囲の経営に関わる数値をまとめたもので、今朝急遽《きゅうきょ》対応したものも含めすべて真冬が作成したものだ。

「はい」

「非常にわかりやすくまとまっているので外部に依頼したものかと思ったのですが」

柊は視線を資料に落としたまま軽く握った拳を顎に当てなにか思案するような顔をした後、口を開いた。

「白川さん、今日私が伺ったのは、八雲ケミカルが開発に成功した新素材の加工生産を、御社の紡績工場でしていただけないかご相談したかったからです」

柊の言葉に息をのみ思わず白川の方を見ると、彼も驚いた顔をしている。

「まだ社内でも公にしていません。NDAを結ぶまで詳細はお話しできませんが、すでに水面下で私直下のプロジェクトとして始動させています。テクニカルな面はほぼ問題なくなっていて、三か月後を目安に採算などの現実性を検討し、問題なければ正式に生産を開始する予定です。その際は御社には試作から関わっていただきたい。生産は御社に委託し、生産ラインの整備にかかる費用はすべてうちが負担します」

「設備投資を負担してくださる上、生産も委託いただけるということですか？　それは、大変ありがたいお話ですが……」

いきなり現実的かつ好条件の話を持ちかけられ、さすがの白川も困惑している。

「ええ、私は御社の技術力を高く評価していますし、手を組む価値があると思っています」

（本当にありがたすぎる話だ……でもこれ私が聞いていい話じゃなくない？）

経営者同士の重要で機密性の高い話だ。これ以上一介の社員が聞いてはいけないと思った真冬が慌てて軽く会釈しその場を去ろうとした時、柊の視線がこちらを捉えた。

「御社がこの話を受けてくださるなら、柳沢さんに私の補佐に入ってもらいたい」

「……え？」

固まった真冬に柊は淡々と続けた。

「これからプロジェクトは事業化に向けてまとめに入ります。あなたのように工業簿記や資料作成に長けた人材が入ってくれると助かる」

（いったいどういうこと……？）

突然のことに反応できずにいると、白川が口を開いた。

「……それは、彼女を八雲ケミカルに出向させるということでしょうか。こう言ってはなんですが、わざわざ他社の人間を使わずとも御社には優秀な社員はいくらでもいるのでは？」

社長の言葉に真冬はまさにその通りと無言で頭を上下に振る。こちらをチラリと見た柊は鷹揚《おうよう》に答えた。

「そうですね。優秀な人間はいるにはいますが、百パーセント信用できる人間を見極めるのは難しい。今回は極秘のプロジェクトですから万が一でも情報が外に漏れたら困る。どうやら柳沢さんはあなたへの忠誠心も強いようですから、ＳＫテキスタイルに不利益になるような軽率な行動はしないはずだ。――よかったです。最初に声をかけさせてもらった御社に優秀な人材がいて」

柊は〝最初〟のところを強調し薄い笑みを浮かべる。暗に他社も候補に挙がる可能性があると言っているのだ。

白川もその意図を理解したようだ。グッと息をのんだ後、言葉を濁す。

「今の話を聞く限りですが、僕としては是非御社と取引したいと思っています。しかし、数か月でも優秀な社員が抜けるのは痛くてですね……本人の意思もありますし」

きっと大企業の専務の補佐は真冬に荷が重いと思って言ってくれているのだろう。これに関しても心から同意する。やっていける自信などない。

（八雲さんはいったいなにを考えているの？　まさか私が断ったら生産委託の話もなくなるってことはないよね？）

柊の意図がさっぱりわからない。元々無駄を嫌い冷静な判断をする人だったはずだから、彼の言葉通り人材として求められているのかもしれないが、わざわざ過去に因縁のある自分を選ぶだろうか。

だがこの場で自分が拒否の姿勢をとるのは会社にとってはまずい気がする。真冬は自分を奮い立たせ声を出す。

「あの、社長に許可いただけるのなら、お話だけでも伺わせていただければと思います」

「真冬ちゃん……」

「それはよかった。柳沢さん、近いうちに一度弊社においでください。あなたの役割について詳しくお話ししますよ」

白川は複雑な表情になり、柊はいかにもビジネススマイルといったそつのない顔つきで目を細めた。

2.一度あることは二度ある

「ただいまぁ……」

その日の業務を終え、自宅アパートに帰ってきた真冬は玄関に入ると靴を脱いだ。独り暮らしの部屋の中からは当然返事はなく、静寂だけが家主を迎える。

真冬は職場のある町田から横浜線で四駅の相模原に住んでいる。駅から早足で歩いてギリギリ十分。1DKのごく普通の賃貸アパートだ。入居当時は築一年のとてもきれいな物件で、収納が大きいことも気に入って即決し、そのまま住み続けて四年弱経っている。

「あ、そういえばミシン出しっぱなしだったんだ」

ローテーブルに置かれたままのミシンが視界に入る。昨日の夜作業途中で眠くなってそのまま布団に入ってしまい、朝食もキッチンで済ませていたのでテーブルの上はものを出したままだった。

真冬の趣味はソーイングだ。もともとちまちまと作業するのが好きで、家庭科で裁縫の授業があると嬉々《きき》として取り組んだが、実家でミシンを使わせてほしいとは言い出せなかった。

社会人になってからは日々の仕事と資格を取ることに一生懸命で、趣味に時間を割くことは考えられなかったのだが、去年工業簿記二級に合格した後自分へのご褒美と称して購入したのが今使っているコンピューターミシンだ。

毎日会社に持参している弁当を入れるトートバッグもランチョンマットも、このミシンで作ったものだ。

手芸店ではいくらでも布の棚を眺めていられるし、作業に集中している時は無心になれる。自己満足だが作品が完成した時の達成感はたまらない。

ソーイングを始めたきっかけは亡くなった母との思い出だ。

母は器用な人だった。真冬が保育園で使う手提げバッグや布団カバーなどの身の回りで使うものはすべて母のお手製で、時にはスカートやワンピースなどの洋服も作ってくれた。

小学校に上がる前にはキルティングの布で手提げバッグと上履き入れを作ってくれた。ピンク色のチェック柄の布は母と行った手芸店で真冬が選んだものだった。

一枚の布を使ってなんでも作り上げてしまう母は魔法使いのようだと憧れたものだ。

真冬が傍らで目を輝かせて作業を見ていると母は『真冬もいつかこうやって自分の子どもに作ってあげるときがくるのかしらね』と微笑んでいた。

残念ながらその予定は今のところ皆無だが、真冬は母の面影を追うように時間ができるとミシンを動かしている。

手提げバッグと上履き入れは東京に発つときに母が持たせてくれたが、咲江に『こんな

貧乏くさいものを持って歩かないで』と使うことを許してもらえなかった。今も綺麗《きれい》なまま
クローゼットの中に大切にしまってある。

手を洗った真冬は洗面所の鏡に映った自分の顔を見ながら溜息《ためいき》をつく。

「まさか八雲さんと再会した上、八雲ケミカルに出向するように言われるなんて思わなかったなぁ」

結局真冬は三日後に八雲ケミカル本社で打ち合わせをすることになった。それもひとりで。

真冬が退出した後、白川と柊は長時間応接室から出てこなかった。

「社長に相談しようと思ったけど、それどころじゃなくなっちゃったしな」

柊が帰った直後、工場からラインで不具合が発生したと連絡が入り、白川は対応に追われることになってしまった。幸い軽微なトラブルで済んだようだが。

「明日改めて話してみよう……それにしても大企業の専務の補佐として極秘プロジェクトを進めるなんて」

口に出してみるとことさら重い。

とにかく白川に許可を受けた上で、柊と話して真意を確認すべきだろう。

「さすがに荷が重いし、現実的じゃないってわかってもらわなきゃ」

この時の真冬はそう考えていた。

八雲ケミカルでの打ち合わせの日、京浜東北線を品川駅で降りた真冬は家路を急ぐ人たちに逆行するように徒歩五分ほどの高層オフィス街に向かう。

指定された時刻は十八時、ずいぶん遅い時間だが大企業の専務はスケジュールの調整が大変なのだろう。

ひときわスタイリッシュなビルの一階のオフィスエントランスで入館手続きを済ませた後、エレベーターで八雲ケミカルの受付のある二十三階まで昇る。

製品の展示スペースを横目にピカピカに磨かれたフロアを進みカウンターに立つ女性に申し出る。

「SKテキスタイルの柳沢と申します。本日十八時に八雲専務とお約束しております」

女性は「少々お待ちください」と品のいい笑顔を浮かべた後、どこかに電話を掛ける。

柊か彼の秘書に連絡をしているのかもしれない。その様子を見ながらふと気づく。

(よく考えてみたら八雲さんじゃなくて秘書の方とかプロジェクトに関わる人が対応してくださるのかも)

いくら専務直下のプロジェクトとはいえ、忙しい彼が自分だけのためにわざわざ時間を作るだろうか。

下手をしたら今日彼と話すことはおろか、会うことさえできないかもしれない。

(まあいいのか、私の気持ちは決まっているし)

受付の女性は電話を切り、「今参りますのであちらでお待ちください」と待合のソファーを勧めてくれる。

言われた通りに座り心地の良いソファーに腰をかけ、所在なく周囲を見回す。

(さすが国内屈指の大企業、受付ロビーからして洗練されているなぁ。あそこにあるスタイリッシュなオブジェもすごく高そう)

下世話なことを考えていると、ひとりの女性が早足で近づいてきた。

「お待たせしました、ええと、あなたが柳沢真冬さん?」

年齢は三十歳くらいだろうか。スレンダーな体形で背が高く、冷たい印象を受ける整った顔立ち、肩につかない位のボブカットが似合う大人っぽい雰囲気の美人だ。

「は、はい」

弾かれるように立ち上がって返事をすると、女性は真冬にしっかりと目を合わせてきた。強い眼力に思わず背筋が伸びる。

すると彼女は美しい顔をふわりと綻ばせた。

「秘書室で主任をしています山本悠里《やまもとゆうり》といいます。今回のプロジェクトにも入っていますのでよろしくお願いします。……それで、着いた早々悪いんだけど、一緒に下に降りてもらえるかしら?」

「え?」

真冬が挨拶を返す前に悠里はついてくるように促すと、すたすたと歩いて行ってしまう。真冬は慌てて後を追った。

今しがた昇ってきたばかりのエレベーターで下降しながら、真冬は遠慮がちに声をかけた。

「あの、今日専務はいらっしゃらないのですか？」

てっきり会議室に通されるつもりでいた真冬の頭の中は疑問符でいっぱいだ。

「慌ただしくてごめんなさい。本当は専務が迎えに出たかったみたいなんだけど、この時間社員の行き来が多いから目立っちゃうでしょう。だから私が代わりなの」

「そうですか……」

今一つ話がかみ合っていない気がする。真冬の困惑に気づかないのか悠里はなにやら小声で独り言を始めた。

「にしたって、このクッソ忙しい時に急に電話一本で今すぐに迎えに行けなんて、迷惑ったらありゃしない。あの鬼畜専務」

（気のせいかな？　美人秘書さんから出てはいけないような言葉がいくつか出たような）

いろいろとわけのわからないまま、地下の駐車場に降り立った真冬は思わず声を上げた。

「え、八雲さん？」

そこにはスーツ姿の柊が立っていた。

「専務、ご指示通りお連れしましたわ」

「ああ、すまないな」

上品な笑みを浮かべる悠里にそれだけ言うと、柊は真冬に視線をよこした。

「柳沢さん、車はむこうだ」

柊の腕が真冬の肩に回ったかと思うと、そっと方向転換させられる。

「あ、あの……」

やけに距離が近いし、状況も飲み込めない。真冬は戸惑いの声を出したが、柊は意に介さずそのまま寄り添うように歩き出す。肩に乗せられた大きな掌の温もりが真冬の鼓動を速くする。

「真冬ちゃん、一緒に働くの楽しみに待ってるわね～」

笑顔でひらひらと手を振る悠里を尻目に真冬はそのまま柊の車に乗ることになった。


「あの、八雲さん。私今日はお仕事のお話で伺ったはずなんですが……」

ピンと張った純白のテーブルクロスの上、大きな皿に並べられた色とりどりの前菜を前に真冬はおずおずと声を出す。

柊が国産高級車で乗り付けたのは品川から二十分ほどのベイエリアにある外資系ホテルで、高層階の高級イタリアンレストランに案内された。

車内で『今日は朝から忙しくて碌《ろく》に食事をとれなかったから、食べながら話をしよう』と誘われのこのことついてきてしまったが、こんな格式の高い店だと思わなかった。しかも海を見渡せる個室。チャージ料だけで相当かかるはずだ。

一応〝令嬢〟として育ってはいるものの、真冬はこういう類の店にはほとんど来たことがない。祖父が連れて行ってくれたのも和食の店が多かったし、祖父亡き後は家族で食事に行くことはなかった。正しく言うと家族の外食に真冬が連れて行ってもらえなかっただけだが。

柊とふたりきりで外食という状況に否が応でも緊張感が高まる。

対して、向かいに座る柊はなにも気にしていないような落ち着いた様子だ。

「もちろん俺もプロジェクトの話をするつもりだ。せっかく久しぶりに夫婦が再会したんだから、食事でもしながらと思ってね。それに君は魚介が好きだったろう。ここのボンゴレは絶品だ。そうだ、銀座に海老料理の専門店がある。いつか連れて行くよ」

「……〝元〟夫婦ですが」

「四年で君はずいぶんしっかりしたようだな」

真冬の返しに柊は整った目を満足げに細めた。

(うーん、全部社交辞令なんだろうな。でも私の好物が魚介で、海老が好きなんてよく知ってたなぁ)

駐車場で顔を合わせた時から感じていたが、柊の態度は四年前と随分違う。こんな風に砕けた様子で自分に接する人ではなかった。

結婚生活の間は夫婦ではなく家主と家政婦みたいな関係で、会話もお互い必要なことを事務的に伝えるだけだった。でも納得の上なので不満はまったくなかった。

「再会を祝して」

柊がグラスを持ち上げる。はたして祝していいのだろうかという複雑な気持ちを隠しつつ、真冬も倣った。

「八雲さん、プロジェクトのための出向のお話ですが、がんばりますので、よろしくお願いします」

食事を進めながら真冬が切り出すと、柊は意外そうな顔をした。

「この前はずいぶんと困惑しているようだったから、断られると思っていた。なにか心境の変化が？」

「正直に言うと、今でも荷が重くてとても無理だと思っています。でも、そんな甘い考えでお断りできないこともわかっているので」

白川は『もし不安なら行く必要はないよ。八雲専務にはわかってもらえるように僕から話をする。でもいい機会だから君自身のキャリアアップのために飛び込んでみるのもありだと思う』と言ってくれた。

もちろん白川は真冬の過去の事情は知らない。今回の話を躊躇《ちゅうちょ》しているのは、責任の重大さにしり込みしているだけだと思っている。

本来なら有無を言わせず行けと命令されてもおかしくない。

でも、こちらの気持ちに寄り添いながら可能性を広げてくれようとする社長の心遣いを知って真冬は腹を括った。

会社にメリットとなるのなら、気まずいとか自信がないという理由で逃げてはいけないと。

「私でお役に立つかどうかわかりませんが、精いっぱい業務にあたり、事業化に貢献できるようお手伝いさせていただきますので弊社への生産委託の件、よろしくお願いします」

真冬は深々と頭を下げた。

「……そこまでするのは、白川社長のためか？」

「八雲さん？」

硬い声が聞こえた気がして真冬は顔を上げたが、柊は「わかった。期待している」と笑みを浮かべているだけだった。

「この前話したように、君は信用できるし優秀だと思っている。資料も簡潔でわかりやすかったし数値の使い方も的確だった」

「……ありがとうございます」

（こんなに褒められると反応に困るし居心地が悪い……信じていいのかな）

どちらにしても出向はするつもりだが、戸籍上だけとはいえ元妻なんてどう考えても面倒な存在を柊があえて近くに置こうとすることがいまだに解せない。

素直に自分を買ってくれたと思えばいいのだろうか。それもそれでプレッシャーが半端ないのだが。

「簿記二級なんて相当努力して取り組まないと取れない資格だ。随分がんばったんだな」

「八雲さん、どうしちゃったんですか……」

ストレートな褒め言葉もこちらを見る眼差しも優しくて落ち着かない。真冬は思わず目を逸らし、手元のノンアルコールビールを喉に流し込む。

「〝結婚していた間は、あんなに感じ悪かったのに〟って思ってる？」

「そ……」

そうですねとは言いづらい。グラスをテーブルに戻して真冬は遠慮がちに続ける。

「あの、いいえ、私の父が八雲さんのお祖父さまに縁談を持ちかけなければ八雲さんは短期間でも望みもしない奥さんをもらわなくて済んだわけですから。厄介者だと思われていたのは当然です」

「感じ悪かったことは否定しないんだな」

「あ」

失言だったと慌てて柊の顔を見ると、彼は真冬の顔を見てプッと噴き出した。

「そんな〝しまった〟って顔をしなくても大丈夫だ。感じ悪かったのは事実だしな」

表面上取り繕っているのではなく心から笑っているように思えて、真冬の胸はトクンと小さな音を立てた。

(落ち着いた大人のイケメンがふいに見せる屈託ない笑顔の破壊力よ……あれ、でもこういう顔前にも見たことがあったような……いつだったかな)

彼の笑顔になぜか既視感を覚えて記憶をたどるが、どうにも思い出せない。

(気のせいか。前は八雲さんが笑顔になる状況なんてなかったもんね。今こうして打ち解

けて話せるのは、あの結婚がお互い過去のことになっているからかもしれないな)

今も柊を前にすると緊張はするが、思ったより自然に会話ができている。

それにしても、二度と会うことはないと思っていた元夫と再会しただけでも驚いたのに、短期間とはいえ仕事で彼に仕えることになるなんて、人生なにがおこるかわからないものだ。

自分達が結婚していたことはごく一部の人しか知らないから大丈夫だと思うが、周りにバレないように細心の注意を払わなければと思う真冬だった。

その後も食事を進めつつお互いの近況を話す。

柊の言った通りプリモ・ピアットとして出されたボンゴレビアンコはあさりのうまみが凝縮されたソースとパスタが絡んでいて絶品だったし、他の料理も見た目や味が洗練されていた。

「そうなんですか、ドイツに行っていたんですね」

「ああ、帰国後は素材事業部の担当役員になっている」

柊は離婚後すぐに新規事業展開のためにドイツに渡り、二か月前に帰国していたらしい。

真冬も柊のマンションを出た後は独り暮らしをして、ＳＫテキスタイルで働き続けていると話した。

「そういえば、八雲さんご結婚は?」

ドルチェのティラミスを頂きつつ、何気なく発した己の質問にハッとする。

（迂闊《うかつ》だった！　八雲さんが結婚していたらこうしてふたりきりで個室で食事なんてだめだったのに）

「していたら、こうして君を食事になんて誘わない。君と別れてから妻はおろか恋人もいない」

柊が即答したので、真冬はふうと安堵《あんど》の息をつく。

「よかったです。なんというかお相手がいたら誤解を受ける行動は一切したくなくて。あ、もちろん八雲さんとどうこうなるなんて微塵《みじん》もありえないのはわかった上ですが」

愛人の娘という理由で真冬は柳沢家で肩身の狭い思いをしてきた。だから、自分は不用意にパートナーがいる男性に近づくまいと心がけてきた。心配しなくてもそういう出会いはなかったのだが。

「微塵も、ね」

柊は微笑を浮かべ、手にしていたデミタスカップをソーサーに戻した。

「柳沢さん、君の受け入れの件は社内で正式に手続きを進める。勤務開始時期などの詳しい話はさっき君を案内した山本から連絡させる」

「あ、はい、わかりました。どうぞよろしくお願いします」

不自然に変わった話題に、そろそろこの場がお開きになると察した真冬は背筋を伸ばしてから改めて頭を下げた。

すると柊はついでのような口調で続けた。

「それと、もうひとつ君に頼みごとがある。会社ではなくここまで来てもらったのは個人的なことだからだ」

「個人的なこと、ですか」

大会社の御曹司に個人的に頼まれることなど皆目見当がつかない。なんでしょう、と首をかしげる真冬を柊は真っすぐに見据えた。

「真冬」

「……えっ」

いきなり名前を呼び捨てにされ、真冬は目をみはる。

「以前はまともに名前で呼んだこともなかったな」

「そ、そうでしたけど」

結婚中は彼の祖父の前でだけ名前で呼び合い、普段は〝八雲さん〟、〝君〟で、真冬は固有名詞で呼ばれたことすらなかった。

それをなぜ今、わざわざ？　困惑を深める真冬の顔を見つめたまま柊ははっきりと言った。

「真冬、俺ともう一度結婚してくれないか」

「結婚……」

耳から入った柊の言葉を脳が理解するまで数秒。

「そうですか、なるほど、結婚…………はい？　結婚？」

「お互い再婚になるな」

「再婚っ⁉」

あまりの驚きに大きな声が出た。慌てて口を両手で押さえて周囲を見たが、そういえば個室だった。

「真冬がそこまで慌てるのは初めて見るな。初夜に離婚届を突きつけても取り乱さなかったのに」

焦りまくる真冬に対して、柊は珍しいものを見て楽しむかのように口の端を上げている。

「ちょ、ちょっと待ってください八雲さん、なんで私と結婚なんて」

「真冬のことが忘れられなかったから復縁したい。そう言ったら？」

「そんなわけないです。私たちは便宜上仕方なく結婚した上辺だけの夫婦だったじゃないですか」

真冬はすかさず反論する。たった三か月。真冬と柊の結婚生活は、世間一般で言う夫婦とはかけ離れていたし、柊にとってあの結婚は厄災だったはずだ。

「即答だな」

柊は苦笑してからテーブルに両肘を付き手を組むと、ゆっくりとこちらに身を乗りだした。

「そう、その〝便宜上〟がまた必要になっているんだ」

『悪いが俺は君と夫婦として過ごすつもりはないし、子どもをつくるつもりもない。時期が来たら離婚してもらう』

＊＊＊

四年前の新婚生活最初の夜、新居のマンションのリビングで柊に離婚届を差し出された時、真冬は驚くと同時に〝やっぱりそうか〟と思った。

柊の祖父、茂の命令で結婚が決まってから婚姻届を出すまでの二か月間、数度顔を合わせたが、柊が上辺を取り繕いつつも真冬を疎ましいと思っているのは感じ取っていた。

（やっぱり八雲さんは柳沢家と私のことをよく思ってないんだ。でも当然だよね）

これっぽっちのメリットも愛情もない相手と無理やり結婚させられるのだ。しかも美しくも聡明《そうめい》でもない地味な女と。

新居として柊が用意した麻布十番のマンションには真冬用の寝室が準備され、柊の部屋も別にあった。夫婦の寝室はなく、柊は最初から離婚前提の仮面夫婦になるつもりだったことが窺《うかが》えた。

納得はするがどうしようと思った。柳沢の家を出て行く時、義母に言われたのだ。

『もし八雲さんに見限られて離婚しても、柳沢家にあなたの帰る場所はないですからね』

（あの家に帰りたいとは思わないけど、行き場がないのは困るな）

真冬が義母の言葉を思い出していると、無言を拒否だと捉えたのか柊は苦い顔をして言葉を重ねてきた。

『結婚式は祖父が回復したらする建前だが、その日はこない……医者には祖父はもう長くないと言われている』

『お祖父さまが？』

柊の祖父は長い間入院しており何度かお見舞いに行っていたが、いつもしっかりとした様子だったのでまさかそんなに深刻な病状だとは思っていなかった。

『祖父は頑固者でへそまがりだからな。言うことを聞かないと、本当に遺言に株を外部流出させると書きかねない。祖父の秘書が目を光らせているから婚姻届は出したしマンションも用意したが、この結婚は時期が来たら終わりにするつもりだ』

この時、真冬は初めて柊が祖父の命が長くないことをわかったうえでこの結婚を受け入れたと気づいた。結婚を終わりにする〝時期〟とは茂が亡くなることを指しているのだろう。

（そうだったんだ……お祖父さまが）

病床で優しく迎えてくれる茂の顔を思い出し、真冬の胸は苦しくなる。

『結婚の事実自体、お互いの親族間の話にとどめてある。君の両親も大概だな。それでもいいとあっさり受け入れたぞ。金を出してもらえるのなら娘のことなどお構いなしでなんでも言うことを聞くつもりだ。君はなにも聞いていなかったのか？』

柳沢の両親は柊が〝祖父が提示した額より色を付ける〟と言うと、離婚前提の結婚を了承したそうだ。

（お義母さんは初めから私が離婚されるって知っていたのに黙ってたんだ。それなのに柳沢家に帰る場所がないって……きっと私が困って泣きついてくるのを楽しもうと思ってるんだろうな）

力なく頷《うなず》くと柊はいかにも面倒だという顔になる。

『まあいい、君はまだ大学生だろう。ここにいるあいだは好きに遊んだらいい。そのくらいの金は出す。ただ戸籍上は俺の妻になっているから羽目は外さないようにだけ気をつけてくれ』

『大学は、やめなくてもいいんでしょうか』

『別にどちらでも構わないが、やめる必要もないだろう……そもそも君はどうしたいんだ？』

（どうしたい……？　やめろと言われたらやめるつもりでいたけれど）

今まで真冬は両親に抗うことなく指示された進路を選んできて、自分の意見を問われたことがなかった。困惑していると、柊は冷ややかな目を真冬に向け溜息をついた。

『本当に今までずっと親のいいなりになってきたんだな。なにも考えないで生きるのは楽かもしれないが、自分の人生だろう。自分で考えて決めないと後悔するぞ』

呆《あき》れ交じりに放たれた声は冷たかった。

『自分の、人生……』

――その時、真冬の頭の中で引き出しの鍵が開き、亡き祖父の言葉がフラッシュバックした。

〝自分の人生は自分で決めていいいんだよ。少なくとも大人になったら誰にも縛られる必要はないいんだからね〟

（自分で決めていいなら、私、大学はちゃんと卒業したい。卒業後は……今まで結婚して家庭に入ると思っていたからそれ以外の将来なんて考えたことなかった）

しかし、新婚早々夫に離婚予告をされてしまった真冬は、遠からぬ将来柳沢家に出戻ることになる。

考えただけで心の中が黒い雲で覆われた。離婚が嫌なのではなく実家には戻りたくないのだ。義母に言われなくても、元からあの家に自分の居場所はない。

実家に戻らないようにするためには、自立して生きて行くしかないと真冬の思考がぐるぐると動き始める。

（少し貯金はあるけど、それだけじゃ自立できない。でも就職すれば……もしかしたら今からでも間に合う？）

今まで考えもしなかった可能性に真冬の鼓動が徐々に高鳴っていく。

大学四年の夏、周囲では就職活動が佳境だった。自分も就職できれば誰の力も借りず、誰の顔色も窺わず、自分の力で生きていけるのではないだろうか。

それこそ自分の人生を自分で決めていくことになる。それができるかもしれないと思うと高揚感と共に目の前がぱっと開け——カチリとスイッチが入った気がした。

『……わかりました。ただ、離婚の時期はあらかじめ決めませんか。お祖父さまにちゃんとお話しして離婚を納得してもらいます』

急にはっきりと話し出した真冬に柊は少し意外そうな顔をする。

『祖父を納得させるのは難しいぞ』

難色を含む声に真冬はたしかにそうだと頭を捻る。

『理由は……そうですね、嘘《うそ》をつくのは心苦しいですが、子どもができる兆しがないので病院で検査したら私が妊娠できない身体だとわかったということにするのはどうでしょうか』

『それは、君にとっていい嘘とは言えないが』

『私は気にしません。お祖父さまは八雲さんに〝結婚して跡取りをつくれ〟と仰っていましたよね。跡取りができないとなれば離婚に納得してもらえるのではないでしょうか。ただ、この理由を使う場合、今すぐに離婚するのは不自然なので、ある程度期間を置いた方がいいと思います。来年の春あたりまで……というのはどうでしょうか』

いい考えだと思った。たとえそれで自分に変な噂《うわさ》が立ったとしても構わない。

『……祖父がそこまで持たなかったら？』

『考えたくないですが、その時はすぐ離婚して出て行きます。でも、少しでもお祖父さまが元気になる可能性があるなら……信じたいんです』

（八雲さんにそんなつもりはないにしても、お祖父さまが亡くなるのを待つ状況なんて絶対にだめだ）

茂が回復してもしなくても離婚を受け入れるというこちらの意志が伝わったのか、柊は表情を変えないまま頷いた。

『わかった。君がいいなら構わない。それと結婚しているあいだ俺が君に望むのは祖父へのご機嫌取りだけだ。たまに見舞いに行ってくれ。家のことはハウスキーパーを入れるつもりだからやる必要はないし、俺はあまりここに戻らないつもりだから勝手にしていい』

その言葉に真冬はある可能性に辿《たど》りついた。

（あまり戻るつもりがないってことは、もしかしたら八雲さんには恋人がいて一緒に暮らしていたりするのかも）

これほど見目麗しく経済力もある三十手前の健康な男性だ。恋人のひとりやふたり、いても不思議ではない。というかいるに違いない。

（一時的だとしても引き裂く形になってしまったのよね。八雲さんの彼女さん、本当にごめんなさい……！）

『もちろんお祖父さまのお見舞いは行かせていただきます。でもハウスキーパーはご容赦いただけませんか。家の中はいつ誰が来てもいいように綺麗にしておきますので』

ただでさえ多大な迷惑をかけてしまったのだ。これ以上自分のことで柊を煩わせたくないし、お金も使わせたくない。そんな思いで柊に懇願すると彼は眉間に皺《しわ》をよせながらも了承してくれた。

こうして始まった新婚生活は世間一般のものとはかけ離れていたが、真冬にとっては極めて快適な日々だった。

ことあるごとに干渉し嫌味を言う義母も、無関心を決め込んでいる父もいない。唯一中学二年生の弟のことが気にかかったが、彼は義母が溺愛し、聡明に育っているようだから大丈夫だろう。

初めて手に入れた精神的な自由に真冬は解放感と将来に対する希望でいっぱいだった。

夫である柊は基本的にはマンションには戻ってこないと言っていたが、祖父へのアピールのためなのか、週に二、三度やってきた。

夫婦らしい会話はなかったし、柊の部屋への立ち入りを禁じられるほど真冬は信用されていなかった。

それでも真冬はいつ〝夫〟が帰ってきてもいいように家の中を整え、彼のために食事を作った。

自分がここに住まわせてもらっている家政婦だと割り切ってしまえばなんとも思わなかったし、苦でもなかった。

一方で就職活動は難航した。スタートが遅れた上、これといって特技も資格もなく、世間知らずで潑剌《はつらつ》とした雰囲気も持ち合わせていない真冬に内定を出してくれる企業はなく、不採用が続く。

かなりきつかったが、就職活動を通じて今までの自分の甘さや弱さを知れたと真冬は思っている。今まで自分がどんな人間で、なにが得意でなにがしたいかなんて考えてこなかったのだから。

九月下旬、やっと内定をくれたのが現在勤めているＳＫテキスタイルだ。採用の通知をもらった時は今まで生きてきて一番嬉《うれ》しかった。

『なにかいいことでもあったのかい？』

浮かれた気持ちを柊の祖父、茂に指摘されたのは内定が出た翌日のことだった。

真冬は三日にあげず入院中の茂の元を訪れるようにしていた。柊とふたりで行くこともあったが、ひとりの方が多かった。この日も大学のゼミに顔を出した後に病院に寄っていた。

柊に言わせると頑固でへそまがりの祖父らしいが、真冬にとっては皺くちゃの顔を綻ばせて迎えてくれる優しい人だった。

『ええと、昨日の晩御飯に作った海老フライがおいしくできたんです。急に思い出しちゃって』

病院の最上階、特別個室のベッドの横に椅子を出して座った真冬は慌てて誤魔化す。

まさか私内定が出たんですと言うわけにはいかない。無理がある言い訳だが、昨日自分への祝いと称して作った好物の海老フライは国産高級海老を使ったから本当においしかったのだ。

『前に魚介類が好物ってお話ししましたけど、中でも海老が大好きなんです』

『そうか、それはよかった。柊も食べたのか？』

ベッドから上半身を起き上がらせ、茂は目を細めて聞いてくる。強引に結びつけた孫夫婦がうまくいっているか気がかりなのだろう。

『はい、昨日もお帰りが早かったので』

これは嘘ではない。当初柊はマンションにあまり帰るつもりはないと言っていたが、いつの間にか頻度が増え、最近ではほぼ毎日帰ってくるようになっていた。昨日も二十時には帰ってきて真冬の作った海老フライを黙々と食べていた。

（もしかしたら、恋人とうまくいかなくなっちゃったのかな。やっぱり期間限定の仮面夫婦とはいえ結婚したことにお相手が我慢できなかったとか。気になるけど、さすがに本人には聞けない）

真冬がどうしたものかと考えていると、茂はゆっくりと口を開いた。

『誰に似たのか柊はへそまがりだからな。碌に美味いとも言わなかったんだろう？　でも、ああ見えて一度懐に入れた女性はなにをおいても大事にする男だと思っている。長い目で見てやってくれんか』

『お祖父さま……』

孫や家族には素直になれない茂も孫嫁には話しやすいのか、こうして本心を明かしてくれる時がある。

優しい義祖父に春になったら離婚すると告げなければいけないと思うと、真冬の胸は苦しくなる。

（でも、今はとにかくお祖父さまに元気になってもらうことを考えよう）

『はい、私こそ柊さんに愛想を尽かされないようにがんばりますね』

『柊のこと、頼んだよ。それと真冬さんの作る海老フライ、今度私にも食べさせてくれ』

そう言うと、茂は皺だらけの手を真冬の手に重ねて微笑んだ。

――真冬が茂と会話ができたのはその日が最後だった。翌日、茂の体調が急変し意識が戻らない状態になり、二週間後にこの世を去った。

結局春を迎えることはできなかった。

（お祖父さま、嘘をついて本当にごめんなさい）

親族としてではなく、一般弔問客として葬儀に参列した真冬はひっそりと涙を流しながら心の中で茂に詫《わ》び続けた。

葬儀が終わり、ひと段落ついたタイミングで真冬は保管してあった離婚届を役所に提出し、ふたりの離婚が成立した。

結局柊との結婚生活は三か月ほどで終了した。

最後に柊と言葉を交わしたのは真冬がマンションを出て行く時の『お世話になりました』『ああ、気をつけて』という短いやりとりだったと記憶している。

真冬は就職先に近い相模原のアパートに引っ越し、大学も無事に卒業することができた。

柳沢家には引っ越す前に離婚を報告しに行った。

真冬がこれを機に家を出たいと申し出ると父も好きにすればいいと言うだけで、義母も『だったらもうその顔を二度と見せに戻らないで』と嫌味は言ったものの、意外なほどあっさり受け入れられた。

真冬としても、柳沢家と離れて生きていくつもりでいたので、これ幸いと以降一切の連絡を絶っている。

社会人になってからは、いろいろな壁にぶち当たりつつ必死で働いてきた。幸い職場の人間関係に恵まれ、自分の仕事にやりがいを持てるようになった。

忙しく充実した日々。今の生活を得たのは柊のおかげでもある。

あの時結婚したのが柊でなければ、そして彼に自分の甘さを指摘されなければ、今頃は家のために違う誰かの元に嫁がされ、自分の人生を生きることができていなかったかもしれない。

だから真冬は元夫に心から感謝していた。——感謝していたのだが。


「ええと、冗談ですよね……」

真冬は確認せずにはいられなかった。

勘違いでなければ、今、ホテルのレストランの個室で恩人たる元夫に再婚を迫られているようなのだが。

「冗談、ではないな」

柊は苦い顔で首を左右に振って続ける。

「母が動き出したんだ」

「お義母さまが？」

柊の父であり、八雲ケミカルの代表取締役である八雲隆《たかし》の妻は柊の実母ではない。実母は柊が高校生の時に病気で亡くなっている。柊の父の後妻に入ったのが現在四十五歳の恭《きょう》子《こ》だ。彼らの間には十三歳の息子がいる。

年の離れた腹違いの弟がいるところは真冬の境遇に似ているが、実情は全く違う。柊の実母は正妻だったし、後妻の恭子と柊の親子関係は悪くなく、八雲家の家族関係は良好だったはずだ。

「母は俺を自分の息がかかった女性と結婚させたがっている」

聞くとドイツから帰国した柊に恭子が熱心に縁談を勧めているらしい。相手は恭子の遠縁の女性。自身の関係者を息子の嫁にすれば自らの影響力が維持できるという考えなのだろう。

「たしかに、そういうのはありますよね」

真冬の祖母も遠縁の咲江を息子の嫁にしていた。恭子は柊と血縁ではないからなおさらかもしれない。

真冬は柊との短い結婚生活の間に恭子に数回会っている。上品でたおやかな女性でそんな計算高い人には見えなかったが、上流社会というのはいろいろと複雑なのだろう。

自分もその端くれに身を置いていたことも忘れ、他人事のように感心する。

「でも、その方と結婚されたらいいのでは？」

たしか恭子は旧華族の家柄の出身だった。その縁続きとなれば家柄は申し分なさそうだし、八雲家の嫁にしていいと判断されたということは、様々な面で完璧な令嬢なのだろう。

真冬が言うと柊は眉間に皺をよせた。

「母の影響力をこれ以上大きくしたくないんだ。彼女は祖父の死後、会社の投資先などの運営まで口を出すようになっている。今は父が健在だからいいものの、この先、弟を次期社長にしようと動きかねない」

「はぁ……」

あまりにも現実感のない話に曖昧な声が出る。柊の弟はまだ中学生だ。そんな戦国時代のようなことが現代であり得るのだろうか。

戸惑う真冬に柊は畳みかけるように続ける。

「母にいろいろ吹き込まれたからか、今回は父も乗り気だ。俺は一度結婚したという実績があるから結婚は早いとか仕事が忙しいとかいう適当な理由では断りにくくなっている。そこでさっきの筋書きが成り立つ」

「さっきの筋書き？」

「真冬のことが忘れられないから復縁したいって言っただろう？　あんな形の結婚だった

が、俺は妻を愛していた。しかしそれを自覚したのは離婚後。愚かな俺は傷心のままドイツに行くが、やはり元妻を忘れられなかった。帰国後俺は必死で君を探し出し、どうかもう一度チャンスをくれと復縁を迫り、めでたく再婚を受け入れてもらった……と、報告してある」

「わぁ……」

あまりにも突拍子のない甘く熱い筋書きに、真冬はかえって冷静になっていく。

「つまり便宜上、私と結婚してお義母さまからの縁談を断ろうとしている、と」

「ああ。だから俺と再婚してほしいんだ。まずは婚姻届を出した上で、俺たちが前回と違って仲がいい夫婦だとわかれば母も諦める。その後頃合いを見計らって離婚すればいい。俺が傷つき、どん底まで落ち込む演技でもしておけば、しばらくは次の縁談など持ちかける雰囲気ではなくなるだろう」

もしかしたら揶揄《からか》われているのかもと思ったが、彼の秀麗な顔はいたって真剣だ。

(冗談じゃなかったのね……)

しかし、こんなとんでもない話に乗るわけにはいかない。

「いくらなんでも再婚を受け入れてもらったなんて、そんな大それた嘘をご両親に……ん？　報告、してある？」

そこで真冬は柊が過去形で話していたことに気づく。

「三日前に真冬に再婚を受け入れてもらえたと両親には伝えてある」

「みっかまえ」

さらりと告げられて真冬は思いきり目を見開いた。柊と会社で再会したのが三日前、その日の内に彼は両親に報告したというのか。本人の了承も得ずに？

「うそ……ですよね」

「こんなことで嘘をついてどうする。まあ、それこそ両親には再婚するなんて嘘だろうと疑われたが」

「普通、そうなりますよ」

昔の自分たちの結婚の経緯を知っている人間からしたら、柊の考えた筋書きは不自然すぎる。縁談を断るための作り話だと思うに違いない。

「ここで君との再婚話が嘘だとバレたら、父の怒りを買って本当に強引に見合いを受けさせられかねないし、断ったら頭を冷やせと北欧にでも飛ばされるかもしれない。そして俺が日本から離れたら今回のプロジェクトは頓挫する可能性が高くなる」

「頓挫……」

深刻な顔になる真冬をよそに柊は余裕の表情のまま続けた。

「ＳＫテキスタイルは過去の設備投資の失敗が影響して、守りの経営に回らざるをえなくなっている。社長が有能だから今はなんとかなっているが、そうだな、二年後はわからない。そのためにも今回のプロジェクトの成功は重要だ。違うか？」

「それは……」

的確に痛いところを突かれて真冬は口ごもる。実際SKテキスタイルの経営はギリギリの状況で、将来性があるかと言われたら否だ。だからこそ社長の白川は事業開拓に毎日奔走しているのだ。真冬だって会社のためになることならなんでもしたい。

「今回、二重の意味で君の協力は不可欠となる。プロジェクトの補佐、そして妻として」

柊の言葉に、真冬はハッとする。

「八雲さん、まさか最初から私を利用するためにうちに声をかけたんですか？」

すると柊はいかにも心外だという顔をする。

「俺は公私混同はしない。SKテキスタイルが今回の生産委託に相応しい企業ということは大前提だ。そこにたまたま〝元妻〟が働いていたから助けてもらおうと思っただけだ」

（……いったい、どこまでが本当なんだろう）

気が遠くなりそうになりつつも真冬は必死で思考を働かせた。

公私混同はしないと言いつつ、柊は真冬の返答次第でSKテキスタイルが不利になるぞと脅しをかけてきている。

北欧云々《うんぬん》は置いておいても、柊の心ひとつでプロジェクトは進まないかもしれないし、進んだとしてもSKテキスタイルが受注できなくなるかもしれない。

（ま、まずい、考えれば考えるほど、断る選択肢がなくなっていく）

それでも真冬はなんとか抵抗を試みた。

「あの、他にいい方法はないでしょうか？　例えば、私でなくて他の方を結婚相手に選ぶとか。あ、ほら！　秘書の山本さん、とても綺麗でしっかりした方で、八雲さんとも気心が知れた感じがしましたが」

　真冬がいいことを思いついたとばかりに声を弾ませると、逆に柊は顔を曇らせた。

「悠里は実母方の従姉だ。それこそややこしくなるし、彼女も絶対に嫌がるだろうな」

「従姉……そうだったんですか」

　彼女の柊に対する砕けた態度は従姉弟同士の気安さからだったのか。真冬ががっかりしていると柊はやけに平坦《へいたん》な声を出した。

「そんなに俺と再婚するのは嫌なのか？」

「嫌というより、もう誰かを騙《だま》すようなことをしたくなくて」

　真冬は本音を零す。前回の結婚では亡くなった柊の祖父に嘘をついてしまったのに、今度は両親を欺くための再婚をするなんて抵抗を感じるのだ。

　そもそも柊は親を騙すことに罪の意識はないのだろうか。

「騙すわけではない。物事を円滑に進めるために少々事実と違うことを伝え、行動を取るだけだ」

（それを騙すって言うんです……ダメだこの人、罪悪感という概念がない）

　真冬はがっくりと肩を落とす。

「両親を納得させるためには実際に婚姻届を出す必要がある。こんなこと、誰にでも頼めることではない。わかるだろう？」

含みのある言い方に柊が自分にこだわる理由に思い当たった。

（ああそうか。前回の離婚がとてもスムーズだったから、八雲さんは私を信頼してくれているんだ）

当時の真冬は露ほども考えなかったが、巨大企業八雲ケミカルグループの次期社長の妻に一度なってしまえば、その立場を利用して離婚時に多額の慰謝料や、はたまた財産分与を主張することができてしまう。

彼の言う通り、誰でも仮初の妻にするわけにはいかないのだ。

真冬は当初の取り決めで実家への資金援助はしてもらったが、個人として金銭の要求は一切しなかった。その安心と信頼の実績を買われているのだろう。それはわかる、わかるのだが……。

黙り込む真冬を柊はさらに追い込んだ。

「真冬、君しか頼める相手がいないんだ。助けてくれないだろうか」

「八雲さん……」

（う……ずるい、情に訴えるなんて）

むしろ〝SKテキスタイルのためにこの話を受け入れろ〟とはっきり脅された方が抵抗できたかもしれない。

それなのに、柊が結婚当時には見たことがない真摯な表情で請うのだから、結局真冬は首を縦に振るしかなくなってしまった。

3. 再婚初夜

麻布十番周辺エリアは洗練された高級な飲食店や店舗が立ち並ぶ一方、昔ながらの庶民的なスーパーやチェーンのドラッグストアなどもあって住みやすい。

大使館が多いため外国人の姿も多くみられ、インターナショナルな雰囲気なのも楽しいし、治安も良く真冬は気に入っていた。

その麻布十番駅から徒歩六分の高台に建つ地上十三階建ての瀟洒《しょうしゃ》なマンションの十階の部屋に真冬は約四年ぶりに足を踏み入れていた。

(まさかここに戻ってくることになるとは……)

柊との仮初の再婚話を受け入れてから約二週間後の土曜日の昼下がり、真冬は相模原のアパートから柊と暮らすためにマンションへ引っ越した。

柊が区役所に婚姻届を提出したのが昨日、新婚二日目の今日からしばらくの間真冬はこの家で柊の妻として暮らす。

引っ越しといっても相模原のアパートの賃貸はそのまま契約を続け、当面必要なものだけを持ち出しただけなのだが。

（それにしても、まだここを八雲さんが所有していたとは思わなかったな）

このマンションは前回の結婚でふたりが暮らしていた物件だ。ドイツに渡るときも柊はここを売りに出さず、帰国後はひとりで住んでいたらしい。

真冬としても全然知らない土地や住居より、三か月とはいえ一度生活した場所の方が勝手がわかるので助かる。

真冬が使う部屋も以前と同じだ。しかし室内に入ると懐かしさと同時に違和感を覚えた。

「あれ、ベッドがない」

以前真冬が使っていたベッドがなくなっている。処分してしまったのだろうか。その代わりに作業台のようなデスクが置かれている。どっしりとしていて、触ってみるとしっとりとした木の温もりが伝わってくる造りの良いものだ。

柊がなにかの作業に使っていたのだろうか。それにしては傷一つない新品に見える。

「ベッドがないということは、お布団があるのかな」

真冬を迎える準備は済んでいると言われていたので、どこかに布団が収納してあるのだろうか。後で探してみようと考えながら荷物の入った段ボールを開いていると、ドアの向こうで柊の声がした。

「真冬、入っていいか？」

「あっ、はい、どうぞ」

返事をすると柊は室内に入ってきた。

休日モードの彼の服装はシンプルなVネックの白Tシャツにネイビーの七分丈パンツだ。車を運転していた時に羽織っていた爽やかなブルーのシャツも似合っていたが、マンションに着いた後脱いだようだ。

元々高級品だとは思うが、シンプルなデザインの服でもスタイルの良い柊が身にまとうと服自体が格上げされて見えるから不思議だ。

一方真冬は動きやすいようにと選んだネイビーのクルーネックTシャツに緩めのジーンズというシンプルでカジュアルな服装をしているが、見た目も実際もプチプラだ。独り暮らしを始めてからは質素倹約に努めているので、値の張る普段着なんてここ数年購入していない。

「なにか手伝うか？」

「ありがとうございます。でも、荷物は少ないので大丈夫です」

真冬が答えると柊はわかったと頷《うなず》く。

「人手が必要だったら言ってくれ。そうだ、今日の夕食は寿司でいいか？　赤羽橋に美味い寿司屋があるからデリバリーしよう」

「えっ、夕食は私が……」

作ります、と言いかけた真冬を柊は制止する。

「君は引っ越しで疲れているだろう。それに昨日はなにもできなかったから、今夜は引っ越し祝いと俺たちの再婚祝いをしたい」

にする。
「……わかりました」
どこか楽しそうな柊の口調に、頑なに断るのも悪いと思った真冬はお言葉に甘えること
するると柊は柔らかい笑みを浮かべると、大きな掌で真冬の頭をするりと一撫《な》でしリビン
グに戻っていった。
「……八雲さん、やっぱり様子がおかしい気がする」
彼が触れた後頭部に手を添えながら真冬はひとり呟《つぶや》いた。
仮初の再婚話を受け入れてからというもの、柊の態度の変わりように真冬は大いに困惑
していた。
〝おはよう、今日は暑いから熱中症にならないように気をつけて〟
〝おつかれさま。もう家に着いたか？　俺も今帰ってきたところだ、真冬もゆっくり休ん
でくれ。おやすみ〟
スマートフォンに毎日来るようになったメッセージには、結婚に向けての事務的やり取
りだけでなく、真冬を気遣うメッセージが添えられていた。
引っ越しについても柊は協力を惜しもうとしなかった。
先々週など引っ越しの下見と称してわざわざ真冬のアパートにやってきて運び出す荷物
を確認し、運搬を業者に依頼しようとしていた。真冬はアパートを解約するわけでもない
し、荷物も少ないからと全力で固辞した。

結局段ボール箱数個になった荷物は、柊自ら運転する車で運搬されることになったのだが。

とにかくなにかと心配りしてくれるし、真冬への当たりが人をダメにするクッション並みに柔らかいのだ。

（なんというか、八雲さんに笑顔を向けられると、どうしたらいいかわからなくなるんだよね……って優しくされて落ち着かないというのも失礼か。きっと気を遣ってくれてるんだろうな）

自分の思考回路に真冬は苦笑する。

柊の目的はこの結婚で彼の両親を納得させ、望まない縁談を回避し、あと腐れなく離婚することだ。そのために唯一無二の協力者である真冬を逃したくないのだろう。

しかし、葛藤しつつ最終的にこの話を受けると決めたのは自分だ。

受け入れたからにはしっかりと役割をつとめるつもりでいる。お気遣いなくと彼に伝えよう。そう決めて真冬は荷解きを再開した。


「今日からよろしく頼む」

「よろしくお願いします」

真冬の荷解き作業が終わった夕刻、ダイニングテーブルを挟んでふたりはビールで乾杯した。

テーブルの上には寿司とオードブルが並んでいる。どれも柊が手配してくれたようだ。

「おいしそう……！」

「君が好きだと思って、甘海老の握りを多めに入れてもらった」

桶《おけ》の中にマグロや白身、光物の魚などが芸術的な配置で並べられた高級寿司の存在感はものすごく、キラキラ輝いて見える。真冬も思わず目を輝かせた。

遠慮しつつ好物の甘海老に箸を伸ばし口に入れると、プリプリとした食感と蕩《とろ》けるような甘みが広がった。

「ん〜〜〜！」

（なにこれ、甘海老ってこんなに甘かったっけ）

あまりのおいしさに言葉が出ない。真冬が感動を噛《か》みしめていると、目の前で柊がじっとこちらを見ていることに気づく。

「気に入ったみたいだな、蕩けそうな顔してる」

「……っ」

（いけない、つい甘海老のとりこになって我を忘れてがっついてしまった）

満足げに微笑む柊の視線がくすぐったい。頬を熱くしながら、むぐむぐと口の中のものを飲みこもうとしていると彼は目を細めたまま言った。

「慌てて食べなくてもいいんだぞ、これは全部真冬の海老だ。ゆっくり、好きなだけ食べればいい」

「うぐっ……」

囁《ささや》くような優しい声色に動揺し喉がつまりそうになるが、なんとか根性で飲みこむ。

「……あ、あの八雲さんも召し上がってください。とてもおいしいので……」

「じゃあ遠慮なくいただくか」

柊は箸を伸ばし大きな口に運ぶと「うまいな」と屈託のない笑顔を浮かべた。

「で、ですよね」

(やっぱり八雲さんの言動がおかしい……!)

彼の様子がまるで年下の新妻がかわいくてしょうがない夫ののように甘く、真冬はなんともいたたまれない気持ちになるのだった。

夕食後ふたりはリビングに移動し、ソファーに並んでコーヒーを飲む。

おいしい夕食のおかげでビールとワインがずいぶん進んでしまい、アルコールにはそこそこ強い真冬もほろ酔いだ。ブラックコーヒーの苦みが酔い覚ましにちょうどいい。

「八雲さん、やっぱりご両親へ挨拶に行った方がよかったんじゃないでしょうか」

真冬が気になっていたことを切り出すと、隣で柊は事もなげに答えた。

「ふたりには昨日渋々だが納得してもらっている。とりあえずだが、今はこのままでいいだろう」

昨日役所に婚姻届を提出した柊はその場で〝婚姻届受理証明書〟を受け取った。これは婚姻届が間違いなく提出されたことを証明するものだ。

この辺りは前回の結婚でも同じことをしたので手続きも慣れたものだと柊は言っていたが、慣れるのもどうかと思う。

とにかく柊はその証明書を持って実家に行き、両親に真冬と再婚したと報告したらしい。

「でも、実際お会いした方が信じていただける気がしますが」

書面上だけの仮面夫婦でないことをアピールするためには実際このマンションに来てもらうとか、こちらが出向いた方がよかったのではないだろうか。

しかし柊の考えは違うようだ。

「いや、逆だな。今俺たちは間に合わせの夫婦にすぎない。少しでもボロをだしたら父はまだしも、百戦錬磨の母にこちらの思惑を見抜かれるぞ」

「百戦錬磨」

いまだにあのたおやかな女性がと意外に思うが、若くして八雲家の後妻に入り力を持つくらいだから、やはりいろいろな面で抜かりのない人なのだろう。

「両親に会うのは俺たちが夫婦らしく装えるようになってからの方がいい。それに、来週から父はアメリカだ。母も同行する」

「え、そうだったんですか？」

初めて聞く話に真冬は目を丸くした。

「元々父は北米支社とこちらを行ったり来たりしているが、今回は三か月ほど向こうで執務にあたる予定だ。君が実際両親に会うのは帰国後だな」

「三か月……そうですか」

すぐにでも彼の両親に会う覚悟でいた真冬は、肩透かしを食らった気持ちになる。

(でも、たしかに八雲さんが言うように、ご両親に会うのは夫婦らしく見えるようになってからの方がいいかも)

柊とは前回よりはるかにいい関係が築けそうだ。猶予ができたと捉えて、協力して仲の良い夫婦に見える努力をしよう。

すぐに頭を切り替えた真冬は身体を柊の方に向けた。

「わかりました。では、まずは来週からの出向の件、よろしくお願いします」

真冬には柊の妻役のほかに重要な任務がある。八雲ケミカルへの出向だ。細かい調整が済み、いよいよ来週の月曜から勤務することになっていた。

この仮初の再婚を受け入れるにあたり真冬はいくつか条件を出している。

まず、ふたりが夫婦関係であることは彼の両親以外内密にしておくこと。もちろん八雲ケミカル内でもだ。理由は前回の結婚と同様、離婚前提の結婚だから周知するとその分離婚後が面倒になるから。

彼の両親には今進めているプロジェクトが落ち着いたら、自分達で公表すると柊から釘《くぎ》をさしてもらっている。元々彼らはこの結婚に疑念を持っているので当面他言しないだろうと柊は言っていた。

次に真冬の実家、柳沢家に連絡を取らないこと。真冬があの家と絶縁していることをそれとなく柊に伝えたら、元々連絡を取るつもりがなかったのか興味もないのか柊はあっさり了承してくれた。

そして、なによりもこのプロジェクトが実現したら生産委託先はＳＫテキスタイルにすること。

そのために、できることはなんでもするつもりだった。

「お役にたてるように、精いっぱいがんばります」

改めて真冬は柊に頭を下げた。

「ああ、期待してる。それに今回の職務は君にとってもいい経験になる。成長できるチャンスだと捉えてほしい」

柊の言葉に真冬はふと笑みをこぼした。

「ふふ、うちの社長にも同じこと言われました。快く送り出してもらったので期待にこたえられるようにがんばらないと」

出向期間は今のところ三か月を予定している。その間、真冬は終日八雲ケミカル勤務となるのでＳＫテキスタイルには出社しない。

真冬の抜けた穴は他の総務メンバーと他部署の事務方を合わせてなんとか賄うことになっている。

白川は『俺の真冬ちゃんがいないなんて、来週からなにを励みに働けばいいんだ……でも、ウチのためにがんばってほしいと思っているし、君自身が向こうで大企業でしか得られない経験ができるはずだから成長して戻っておいで』と言ってくれた。

白川らしい励ましを温かい気持ちで思い出していると柊が呟く。

「君は、ずいぶん白川社長に心酔しているんだな」

「心酔というか、社長は世間のことをなにも知らなかった私に根気よく付き合って下さったので感謝してますし、尊敬してるんです。ちょっと軽い感じに見られがちですが実は誠実な方ですし。おこがましいですけど社長は私を娘みたいに思ってくれているのかもしれません」

仕事は妥協しないが、時に冗談を交えつつ優しく成長を促してくれる白川は理想の上司であり父親のような存在だ。自分の父から愛情を受けた覚えがないのでなおさらそう思うのかもしれない。

「へぇ、娘みたいにね。どうだろうな。俺にはそんな風には見えなかったが」

「あ、たしかにおかしいですね。社長と私だと親子にしては年が近すぎますから」

変なことを言ってしまったと苦笑していると隣で低い声が落ちた。

「……だから困ってるんだ」

「八雲さん？」

はっきり聞き取れず首を傾げる真冬に柊は「いや、なんでもない」と口の端をあげ、コーヒーカップをテーブルに置いた。

「それより真冬、俺は君の夫だろう。俺のことは名前で呼んでくれ」

「あ、そういえば」

柊は再婚話を切り出した時から真冬を名前で呼んでいるが、真冬はずっと〝八雲さん〟のままだ。

でも、以前彼の祖父の前でそうしていたように、今回も彼の両親と会う時だけ名前で呼び合えばいいのでは――とは口に出せなかった。こちらをじっと見つめる柊の『呼ぶよな？』という無言の圧を感じたからだ。真冬は素直に従うことにした。

「は、はい……わかりました。えっと、柊、さん」

実際口に出してみると、ふたりきりの時に面と向かって彼の名前を呼ぶのは初めてだったと気づく。

（あれ、なんだかやけに恥ずかしい）

真冬は急にこそばゆくなり、熱を持った頬を隠すようにおずおずと柊から目線を外し下を向く。

柊の反応もわからないまま、ふたりの間に不自然な静寂が落ちた。

「真冬」

沈黙を破ったのは柊の声だった。

彼が身体を動かす気配に顔を上げた真冬は驚きに固まる。

さきほどまで座面の広いソファーでそれなりの距離を保って並んで座っていたはずなの

に、柊は半身を真冬に密着させるようにして片腕を真冬側の背もたれに回していた。流れるような動作になんの反応もできなかった。

骨ばった大きな手が真冬の髪をすくように撫でた。

「髪の毛、切ったんだな、軽くなった」

「えっ……あの、はい。就職する少し前に切ったんです。その後はずっとこの長さをキープしてて。前は重すぎましたよね」

「いや、ずっと綺麗《きれい》だと思ってた。もちろん今もだが」

柊は優しい手つきで真冬の髪を撫で指先で弄ぶ。

「な……」

（甘い声でなんてことを……っ！　顔に出ていないけど八雲さんてアルコールに弱いタイプ？）

「や、やく……柊、さん、もしかして酔ってます？」

「どうだろうな……こうされるの、嫌か？」

やっと出せた言葉だったのにさらりと流され、逆に問われてしまう。そのくせ彼の手は止まらないし、距離も近いままだ。

真冬は返事ができない。距離の近さは恥ずかしいものの、柊の掌の温もりもたまに耳や首筋に触れる指先も心地よくてうっとりしそうなのだ。

（いや待ってちょっと待って。これって私を気遣って優しくしようとしてくれてるだけだ

よね）

そうだ、そうに違いないと焦り始めた真冬は己に言い聞かせる。

柊は四年前のように冷淡に接していたら真冬が協力しなくなるかもしれないと危惧し、こうして近い距離で甘やかそうとしているのだ。だとしたらサービスが過剰だし、くらくらしそうな色気も不要だ。

普段はわりとロジカルに物事を捉えることができる真冬だが、酔いと羞恥心のせいで論理も筋道も放り投げた結論に到達する。

「あの、柊さん、そんなに気を遣っていただかなくてもいいんですよ」

「気を遣う？」

どういう意味だ、と問うように真冬の髪を撫でる手の動きが止まった。

「はい。この話を受けると決めたのは私ですから、ちゃんと奥さんとしての役割を務めます。だからこんなに優しくしてもらわなくても大丈夫です。一緒に暮らす上では前みたいだとちょっと寂しいから、同居人としてはいい関係でいれたらいいと思いますけど」

（ふぅ……やっと言えた）

ずっと引っかかっていたことを伝えることができ、真冬は胸を撫でおろした。

すると柊は無言で真冬から身体を離し、髪も解放する。どうやらわかってもらえたようだ……でも。

（……私も、酔いが回っちゃったのかな。なんか変だ）

緊張が解かれたのに柊の温もりが離れるのが寂しいと思うなんて、この感情はいったいなんなのだろう。

自分に戸惑っていると、柊は意味深な笑みを向けてきた。

「なるほど、君はそうやって線を引こうとしているわけだ。意識的なのか、無意識なのか……どちらにしても厄介だな」

「……厄介、ですか？」

今ひとつ彼の言いたいことがわからない。キョトンとする真冬に構わず柊はこちらの顔を覗《のぞ》き込んできた。

「真冬、俺はこの結婚を前と同じようにするつもりはない。そのためには君の協力が不可欠だ」

「あ、はい。ご期待に沿えるようにがんばります」

その通りだと真冬は頷く。すると柊は「そうしてくれ」と言うと薄い笑顔のまま続けた。

「ところで、今まで誰かに触れさせた？」

「はい？　どういう――」

ことですか、と続けようとした言葉は驚きで途絶えた。

柊の指先が、真冬の頬をするりと撫でたかと思うと顎にかかったのだ。

「えっ」

そのままクイッと上を向かされ、真冬は目を瞬かせた。

至近距離に彼の整いすぎた顔があり、否が応でも視線が交差する。ダークブラウンの綺麗な瞳、その中にドロリと溶けそうな不穏な熱を見つけ、真冬はごくりと息をのむ。

直視してはいけない気がして目を逸らそうとしたが、なぜか魅入られてしまったかのように動けない。

「こういうこと」

低く声を落としながら柊は身を屈め顔を傾けた。

「んっ……？」

唇の上にひんやりとした柔らかいものが触れている。それは彼の唇だった。

（え、私、今、キスされてる……？）

突然のことに真冬の思考がフリーズする。

重ねただけの口づけは一瞬で、真冬が状況を受け入れられないうちに解かれた。

「俺と別れている間に、この唇……俺以外の男に触れさせた？」

柊は顔を寄せたまま「答えて」と吐息で問う。

（お、お、俺以外って……あなたにも触らせた覚えはないんですが……っ）

まるで自分に執着しているかのような台詞に混乱を極めた真冬は素直に答えてしまう。

「い、今のが……はじめてで……っん……」

蚊の鳴くような声はすぐに彼の唇に飲み込まれた。

二度目のキスはすぐに深いものになっていく。柊は角度を変えて何度も唇を重ねてきた。

「ん……ふっ……」

「……真冬、力抜いて……口、開いて」

吐息の隙間を縫って柊が囁く。親指でそっと唇をなぞられると、操られたかのようにそこが緩む。待っていたとばかりに、彼の舌が唇を割り入ってくる。

「んんっ……!?」

自分の口の中が柊の熱い舌で弄られている。

驚きと恐れに両手で柊の胸を押して抵抗する。しかし彼は止めるどころか舌を絡ませてきた。

「は、ふぅん、ん……」

背筋をゾワリとした得体のしれない感覚が走る。真冬は思わず彼のシャツをギュッと掴《つか》んだ。

しばらく真冬の唇と口内を味わいつくした彼は、チュッという音を残してゆっくりと顔を離した。

「……な、んで、こんなこと……」

やっと解放された真冬が息も絶え絶えに声を漏らすと、柊は真冬の耳に唇を寄せながら言った。

「真冬、今夜は?」

「……今夜?」

身体に力が入らなくなってしまった真冬は縋《すが》り付いたままぼんやりと聞き返す。鼓動がドクドクと鳴り止まない。

「婚姻届を出した夫婦が共にする最初の夜だ。俺は君と夫婦として過ごしたい。〝ちゃんと奥さんとしての役割を務めます〟って言ったのは君だろう？」

真冬の耳朶《みみたぶ》に誘うような吐息が落ちた。

男性経験皆無の真冬も、この状況で柊がなにを言いたいかはさすがに理解できた。

（柊さんは夫婦として私とそうゆうことをしたいってこと……？）

青天の霹靂《へきれき》だ。だって、前の初夜では自分に離婚届を突きつけてきた人だ。さすがに今回それはないにしても普通の夫婦として一夜を過ごすなんて思いもしなかった。

（たしかに前とは状況が全然違うけど、今回はより夫婦らしさを出すために私と身体の関係を持ちたいってこと？　男の人って好きじゃない女性でもその気になるって聞いたこともあるし）

そっち方面の知識をかき集めてみるが、そもそもほとんどないのでわからない。どうしよう、どうしたらいいと真冬は必死に正解を探し続ける。その時だった。

「君が欲しいんだ」

「……っ」

柊の甘い声が真冬の鼓膜を震わせ、思考を強制停止させられる。

請うような切実な声はまるで心から真冬を求めているかのようで、頭より感情、そしてなにより身体が反応した。

いつしか真冬は柊の腕の中でコクリと頷いていた。


真冬はそのまま柊の寝室に誘われた。

ライトブラウンの家具で統一された部屋の中には抽象画の大きなアートパネルが飾ってあり、モダンだがどこか温かみを感じられる彼らしい落ち着いた大人の部屋だ。

前の結婚の時は立ち入らないように言われていたから、真冬がこの部屋に入るのは初めてだ。

「入って、よかったんでしょうか」

こうして手を引かれている時点でいいに決まっているのに、余計なことを言ってしまうのは緊張からかもしれない。

「君なら構わない……おいで」

柊は部屋の奥にあるベッドまで真冬を連れていくと腰掛けさせ、寄り添うように座る。

クイーンサイズのベッドが微かに軋《きし》む音がやけに生々しくて真冬の鼓動がドクンと跳ねた。

「真冬、君を大事にする。夫として」

柊は上半身をこちらに向けた。

「……夫婦、ですもんね」

真冬は小さく頷く。

柊が自分をこうして求めようとするのは、〝夫婦〟だからだ。

今回の結婚では真冬は柊に愛を請われ受け入れている――という設定だ。そもそも状況が前回と根本から違うのだ。

より夫婦らしく見せるため、そしてふたりの関係性をよくしたいがために彼はこうして初夜を迎えようとしている。自分も妻役を果たすと宣言したのだから努力すべきだ。

真冬はそう自分を納得させた。そうしないと、彼を受け入れる理由がない。

柊に髪を触れられキスをされた時、先を知りたいと思ってしまったなんて、恥ずかしくて絶対に言えなかった。

柊はゆったり目を細めると真冬の両肩に手を置いて、唇に優しいキスを落とした。まるで、チャペルで新郎が新婦に誓いのキスを贈るかのように。

そのままゆっくりとベッドに押し倒されたかと思うと大きな身体が覆いかぶさってくる。

真冬の瞼《まぶた》に、頬に、耳朶に慈しむようなキスを繰り返していた柊の唇はやがて首筋をなぞるように下がってきた。

「ん……」

服の上から身体のラインを何度も探られ、くすぐったさに思わず身をよじると、大きな手が真冬のTシャツの裾から中に入ってきた。

直接肌に触れられた途端、真冬はハッとする。

「私、お風呂に入っていません！」

真冬の大きな声に柊は一瞬手を止めたが、すぐに柔肌を暴く動きを再開する。

「そういう意味ではすまない、俺も風呂に入っていない」

柊は掌を真冬の華奢《きゃしゃ》なウエストラインに行き来させる。

真冬はプルプルと顔を横に振った。柊はいいのだ。全く気にならない。

「気になるなら、入るか？　ただし俺と一緒だが」

真顔で言われ今度はブンブンとかぶりを振る。

（一緒にお風呂だなんて絶対無理！　でも部屋の片づけで軽く汗をかいたし、それに下着！　下着なに着けて……ああ、あれだ）

動きやすさと、服へのひびかなさだけを重視した、シームレスの地味なモカベージュのものであることを思い出し、心の中で絶望する。

「あ、でもあの……あっ」

真冬が軽くパニックになっているうちに柊の手が背中に回り、留め金がプツリと外された。胸元が解放される感覚に息をのむ。

「余計なこと考えなくていい。今は俺だけに集中して」

そう言って柊は真冬のTシャツを下着ごと捲《めく》り上げると、ゆっくりと双丘に手を伸ばした。

どうやら、下着はあまり彼の目に触れずにすんだようだ。

「ん……っ、は……」

大きな掌が真冬の胸のふくらみを包む。そのまま柔らかさを楽しむかのように動いていたが、やがて緩急をつけて捏《こ》ねるように刺激を与えてくる。

（だめ、恥ずかしくておかしくなる……っ）

ベッドの上で服を乱し、露わになった胸を柊に差し出している状況に頭が沸騰しそうだ。

そうこうしているうちに、柊の形の良い唇が真冬の胸に近づき、先端を口内に含んだ。

「っ！　あ、や……そんなっ……」

食むように唇を動かされ、舌先でチロチロと刺激を送られると意図しない声が漏れる。

得体のしれない感覚にとらわれ、余計なことが考えられなくなっていく。

しばらく胸への愛撫を続けた柊は、真冬の服を丁寧に取り払うと、自分も膝立ちになってシャツを脱ぎ捨てた。

目の前に現れた裸の上半身に思わず目を奪われ、蕩けていた意識が浮上した。

（綺麗……男の人に綺麗って言っていいのかわからないけど）

広い胸、引き締まったウエストラインにうっすらと浮き上がった腹筋。無駄の一切ない男らしい肉体をシミひとつ見当たらない肌が包んでいる。

「綺麗だな」

「えっ？」

自分が考えていたことを柊が口にしたので真冬は驚く。

ぞった。


「君の身体、肌も白くて透き通るようだ」

　柊はすべてが露わになった真冬の身体を眺め、鎖骨の辺りを指先で愛おしむようになぞった。


「そんなこと……幽霊みたいで気持ち悪くないですか？　髪の毛も真っ黒だし……」

　いたたまれなくなった真冬は柊から目を逸らす。母譲りのこの肌と髪のことを、義母は
いつもそう言って蔑んだから。

「だれかにそう言われたことがあるのか？」

　柊の声に怒気が混じったので、真冬は慌てて誤魔化す。

「あの、昔家族にふざけて言われたことがあっただけです」

　すると柊は無言でゆっくりと真冬に覆いかぶさり、体重をかけすぎないよう気遣いつつ
身体全体を包み込むように抱きしめた。

「ん……」

　素肌でギュッと抱きしめられると恥ずかしいけれど心地いい。見た目通り彼の肌は程よ
い弾力と滑らかさがあった。

（柊さんの肌、気持ちいい……初めてなのにこんなこと考えるなんて、はしたないのかな）

　その時、また義母の顔が頭に浮んだ。

　――『節操がない母親と同じ血が流れているのだから、真冬もそうならないように身を
慎みなさい』

（こんな時に思い出したくないのに）

嫌な思考を振り払いたくて、柊の背中に手を回して縋るように抱き着く。すると柊は真冬の頭を撫でながら耳元で囁いた。

「真冬、自信を持っていい。君は本当に綺麗だ。跡を残すのを躊躇《ためら》うくらいに」

「あと？　……ん、ふぅ」

柊はすぐに真冬の唇を塞ぐ。吐息が注がれ、彼の厚い舌が真冬のそれを絡め取る。

（なんで、柊さんにキスされるのこんなに気持ちいいの……？）

身体の奥からなにかが溶け出すような感覚。しかしその逃げ場がわからず、いつしか真冬はむずかるように両足を擦り合わせていた。柊はキスを続けながら熱い掌を真冬の脚の付け根に伸ばしそっと擦る――今からここを暴くと教えるかのように。

「んんっ！」

初めて他人にそこを触られ、真冬の身体が驚きでビクリと跳ねる。

柊は宥《なだ》めるように時折真冬の唇にキスを落としながら、しばらくそこを掌全体で労わるようにしていたが、ふいに慎ましやかに控えていた尖《とが》りを二本の指先で挟み上下に動かし始めた。

「あっ、なに……そこ、やっ……んっ！　あぁっ！」

直接的な刺激に身体が反応し、思わず手足にぎゅうっと力が入る。

「真冬、大丈夫だから力を抜いて」

「は……あ……んん、んっ」

絶え間なく与えられるピリピリとした快感と、柊の甘い吐息に翻弄されながら言われた通り、なんとか身体の力を抜こうとする。

「そう、いい子だ」

柊は長く節くれだった指で突起の下にある蜜口に触れた。そこは彼の指先を歓迎するかのように潤っていた。

「ちゃんと、濡《ぬ》れてる……ほら」

柊は囁くと真冬に知らしめるように指を動かす。すぐにニチャニチャという水音が聞こえてきた。

「いや……っ」

こんな音が自分から出ているなんて。真冬は羞恥に顔をしかめ目をつぶる。

すると柊の掠《かす》れた声が鼓膜をくすぐった。

「恥ずかしいことじゃない……俺を受け入れるためには必要なことだ。俺しか見てないし、聞いてない」

「柊さん……」

恐る恐る目を開けると柊の熱情の籠った瞳がじっとこちらを見つめていた。

「そう、そうやって俺の名前を呼んでくれ、何度でも」

柊はそう言うと真冬の瞼の上にキスを落とした。

「ん、柊さん……」

いったいどうしてしまったんだろうというくらい、彼の言葉に従順になってしまう。でも心のままに彼の名前を呼ぶのは心地よかった。

「真冬……」

熱い息を吐いた後、柊は入り口に添えていた中指を真冬の入り口に進めていく。

「あ……っ」

（なか、入って……）

真冬の反応をつぶさに観察しながら、浅い部分を軽く行き来していた骨ばった指は、探るように中を解していく。されるがままの真冬は柊の背中に手を回して、じっとしていることしかできない。

初めての異物感とそんなところを触るなんてという羞恥心でおかしくなりそうだ。それでもじっくりと解されていくうちにお腹の奥の方にじんわりとした熱を感じはじめる。

「んっ……ふ……」

「だいぶ解れたが、やっぱり今はこっちの方がいいようだな」

柊は中指を沈めたまま親指の腹で膨らみ始めていた外側の突起をグッと押さえ、クニクニと揺らした。

「んあっ⁉　やっ……！」

わかりやすい刺激がそこから身体中に伝わり、真冬は浮遊感を覚えながら背筋をしならせる。

「あ、だめっ、それ……変になって……っ、んっ……なにか、来ちゃうっ……！」

「そのまま、感覚に任せて」

柊は言葉を落とすと、真冬の胸の尖りに唇を寄せて吸い上げ、舌先をチロチロと動かす。指先で中をいじられながら突起を擦られ、さらに胸からも刺激を与えられたらもうなすすべもなかった。

「はぁっ……はぁっ、あ、や……や……ん」

真冬は嬌声《きょうせい》と共に荒い呼吸を続ける。熱い。鼓動が激しい。身体中に力が入っているのに、快感で力が入らないという矛盾した感覚に囚われる。

「ん……！　や、怖いっ……」

真冬は胸元にある柊の頭に縋るように抱き着いて助けを請う。しかしこんな状態にしている張本人は止めてくれない。

胸から顔を上げた柊はそのまま真冬の唇に嚙みつくようなキスをする。同時に尖りをかわいがる親指の動きを速めた。

「や……は、う、ちゅっ……ん、だめ……だめ、これ……おかしくなるからぁ……っ」

濃厚な口づけの合間にくぐもった声が漏れる、だめと繰り返しながら、完全に蕩け切った声になっている。自分でもわかっていたが、もう止められない。

「ん、真冬、いいよ、ほら……」

唇を離し真冬の耳元で熱い吐息を落とした柊は、中に入れていた指を抜くと親指と人差し指で尖りをスリスリと絶妙な力加減でこすり合わせた。

「んん――――！」

今日一番の快感に真冬はいとも簡単に絶頂を極めた。

シーツを蹴るつま先に思いきり力が入り身体ががくがくと震え、目の前が真っ白に弾けとんだ。

「はぁっ、はあっ……」

昇り切った後は一気に脱力し、ベッドに沈み込む。すっかり乱れてしまった真冬の髪を柊は手櫛《てぐし》で整え、頬に労わるようなキスを落とす。

「大丈夫か？」

「ん……はい」

正直大丈夫ではないが、優しく甘やかしてくれる柊の様子に真冬は胸がいっぱいになる。

（……初めて受け入れる男の人が柊さんでよかったのかもしれない）

それは初めての自分に配慮して優しく抱いてくれたから。肌が心地よいから。そして〝夫〟だから。

でも、これで終わりでないのは真冬もわかっていた。

柊はまだ息が整わない真冬の瞼にキスを落とし、一度身を起こすと素早く準備を整え再び覆いかぶさってくる。

「――真冬、君を俺の妻にする。いいか？」

「はい」

最後の覚悟を問われても真冬は迷わなかった。

柊は、真冬の両ひざを立たせ割り開くと、硬く立ち上がったものをあてがい、ゆっくりと身体を沈めてきた。

柊が腰を押し出すたび、熱く大きなものが真冬の中に入ってくる。

存分に解してくれたものの、初めて男性を受け入れる圧迫感と鈍い痛みは避けられなかった。

「いっ……んっ」

思わず息が詰まり、身体が強張る。

「真冬、息して……これで、全部だ」

言いながら柊はクイッと腰を突き出した。

「――っ！　あっ……はぁっ」

「……っ、ごめん、辛いな」

柊は真冬の額に唇を寄せながら熱い息を吐く。

「だ、大丈夫です……」

〝すまない〟ではなく〝ごめん〟。柊の言葉に真冬の胸の奥がキュンと締め付けられる。

ちょっとした違いなのかもしれないが、彼の身体だけでなく心も近くにいるような気がしたのだ。

　真冬ができる限りの笑顔を向けると、柊は眉間に皺を寄せなにかを耐えるような表情になる。

「……痛むか？」

「ん……お腹の中柊さんのがいっぱいでミチミチしている感じがしますけど、もうあんまり痛くはないかも……」

　真冬の言葉に柊の表情がさらに苦しげなものになった。

「それなら、動いていいか？」

「え？　あ、は、はい……あっ」

　真冬が返事をする前に柊はゆっくりと身体を揺すり始めていた。真冬の頭の両脇に肘をついて囲うような恰好《かっこう》になっている。

「ん……はぁっ」

　彼が上下に動くたび、真冬の胸のふたつの尖りが彼の上半身に擦られ、むず痒《がゆ》い刺激を生む。少し前に感じていた快感がいとも簡単によみがえってきた。

「あ……っ」

　真冬が戸惑いに身体をよじらせると、逃がさないとばかりに柊は肘をついたまま両掌で真冬の頭を固定した。

　柊は真冬を押さえ込むような体勢で真冬を突きながら、漏れ出す嬌声を奪うようなキスを繰り返す。

「真冬――」

「しゅ、うさん……っ」

柊の動きに翻弄されながら、真冬はなんとか彼の背中に手を回した。

柊はすっかり蕩けてしまった真冬の入り口を先端で細かく刺激したかと思うと、突然奥まで押し入り、大きく抜き差しを繰り返す。

「あっ、しゅうさ、はげし……、ん、んっ」

真冬はただ彼から身体が離れてしまわないように、汗ばんだ逞《たくま》しい背中に必死で縋り付く。

キスを交わし合う吐息と漏れ出す声、そして繋《つな》がった場所から聞こえてくる湿った音が、ベッドが軋む音に混じって静かな部屋に吸い込まれていく。

「真冬、そろそろ限界……だ」

動きが彼自身の快感を追うような切羽詰まったものに変わった。彼は腰を動かしつつ繋がった場所に手を伸ばし、その上にある快感が集中する尖りを指先で押しつぶすようにして捏ね、刺激を送る。

「――っ！　え、あぁっ……だめ……！　あ、あ、ン――っ！」

突然電流を流されたような快感が背筋を伝って身体中に走った。抗うことなどできずに真冬は柊のものを締め付けながら一気に達する。

「ぐ……っ、真冬……っ」

柊は喉の奥でくぐもった声を出すと同時に腰を突き出し、動きを止めた。真冬はこれ以上なくきつく抱きしめられながら彼が自分の中で欲望を解放したと知る。

「はぁっ、はぁ……」

（柊さんも私で達してくれたんだ……よね）

柊の汗ばんだ身体の重みを受け止めながら真冬は安堵する。

「……真冬、大丈夫か？　どこか辛いところは？」

柊が真冬から自身を引き抜くと、肩で息をする真冬の頬に手を添え労わりの言葉をかけてくれる。きっと今自分はぐちゃぐちゃの顔をしているからあまりまじまじと見ないで欲しい。

（恥ずかしい……でも、身体に力が入らない……そして猛烈に眠い）

正直初めての経験に疲れ切っている。睡魔に襲われつつなんとか声を出す。

「……だい、じょうぶ、です……」

「眠いのか？　ならこのまま寝たらいい」

「でも……そういう、わけには」

（お風呂に入りたいし、この状態でこのまま柊さんのベッドで寝るのは申し訳ない……そういえば、私の部屋のベッドなかったんだっけ……あぁ、それにしても柊さんの手、気持ちいいな……）

色々と思考を巡らせていた真冬だが、頬を撫でる優しい手つきに目を開けていられなくなり、あっけなく眠りの中に引き込まれてしまった。

頬にあった柊の手が頭に移動し、ゆるゆると撫でてくれているようだ。

「真冬、俺は君を……二度と──」

意識を手放す瞬間、柊が呟く声を聞いた気がした。

4. 社内で秘密の夫婦関係

「ちょっと池端《いけはた》室長のところに行ってきます」

十四時、秘書室の自席で作業をしていた真冬が立ち上がり悠里に声をかけると、彼女はパソコンから顔を上げた。

「あら、池端今日はこっちなんだ。また真冬ちゃんからの依頼、放置してるの？」

「放置というかメールの見落しかもしれません。電話でもいいんですけど、今日はこちらにいらしているようなのでご機嫌伺いがてらデータの提出をお願いしてきます」

「まったく手間がかかる男ね。わかったわ。行ってらっしゃい」

悠里に見送られ、真冬は秘書室を出て二階下にあるラボに向かった。

真冬がここ八雲ケミカル本社で柊の専属秘書として勤務するようになってから早一か月。社内ではＳＫテキスタイルからの出向ではなく、短期派遣された人材派遣会社のスタッフということになっている。

八雲ケミカル内ではプロジェクトの存在のみ周知されていて、内容は公になっていない。もちろん生産委託先についてもだ。そのため真冬がＳＫテキスタイルの社員ということは伏せることになった。

当初は会社の規模の違いからくる組織の多さ、扱う金額の桁に戸惑った。各種分野で効率化のためのＤＸ化が進んでいることにも驚いたが、最近はだいぶ慣れてきている。

真冬に指導してくれている山本悠里は現在三十三歳で従弟の柊と同学年。

どんなに忙しくても笑みを湛《たた》えたまま、臨機応変に業務を片付けていく悠里は美しいだけではなく非常に有能だ。この若さで秘書室の主任を任されるのも納得だ。

真冬はこれまで悠里が担当していた新素材プロジェクトの事務局を引き継いでいる。悠里も引き続きプロジェクトに名を連ねてはいるが、一か月経った今、運営のメインは真冬だ。

悠里には柊から真冬がＳＫテキスタイルの社員で、柊の〝昔の知り合い〟だと伝えられている。もちろん元妻であることも、再婚したことも知らせていない。

ここに来た当初、真冬は秘書室のメンバーや関係部署の社員に遠巻きにされていた。

今まで専属秘書を持たなかった八雲専務の元に派遣社員が配属されること自体、不自然に思われたのだろう。

それでも黙々とやるべきことをやっていたら少しは信頼してもらえたのか、仕事もやりやすくなってきた——一部例外はあるが。

エレベーターは面倒なので階段で二階下の二十一階まで下り、廊下を進んだ先にあるラボの引き戸を開く。

「失礼します」

小型測定装置や顕微鏡、グローブボックスなどの各種研究機材が所狭しと並んでいるこのラボだが、府中市にある研究所の分室にすぎない。あちらの研究所にはここよりも立派な装置や設備があるらしい。一度行ってみたいものだ。

部屋の奥に目的の人物を発見し、声をかける。

「あ、いらした――池端室長、こんにちは」

「ああ、柳沢さん、久しぶりだね」

部屋の奥の窓辺に立ち、ビーカーに入ったコーヒーを片手に外を眺めていた長身の白衣の男性がのんびりとこちらを振り返った。

彼は池端裕磨《ゆうま》。度の強い黒縁の眼鏡と癖の強い伸びた髪が顔を覆っている。よく見ると白衣もよれよれだ。

もっさりとした印象の池端なのだが、三十五歳にして素材開発事業部、合成繊維開発室の室長を務めるほど優秀な人物だ。日本で一番偏差値が高い東京の国立大学の大学院卒で、大学卒の柊や悠里とは同期入社らしい。

今回のプロジェクト立ち上げのきっかけになった、繊維の特殊な加工方法を発見したのは池端で、真冬にとっては間接的な恩人だ。

「室長なんて言われるのは落ち着かないな」

「いえ、室長なのは事実ですから」

「悠里になんて〝研究バカの池バカ〟って言われてるんだから気にしなくていいのに」

「あはは……」

（悪い人じゃないんだけど、天才すぎるのか自分の興味のあること以外、こだわらないというかぼんやりしちゃうのよね。一度会議自体を忘れられたこともあったし）

普段は府中の研究所にいるが、集中できるからとよくこうして本社の分室に来ているそうだ。

ちなみに六日前にプロジェクトの会議で顔を合わせているので、それほど久しぶりでもないと思う。

「では、池端さんとお呼びしますね。先日お願いした、難燃性の基礎実験のデータ、まだ頂けてないようなんですが」

真冬が言うと、池端は首をかしげてハテという顔をする。

「えーと、依頼されてたっけ」

「やっぱりお忘れだったんですね。明日の会議に使うデータです。できれば今日中に私に送っていただけますか？」

真冬が改めて説明すると池端は頭を掻《か》きながらすまなそうな顔をする。

「ごめんごめん、そうだったね。今日中に必ず送るから」

「よろしくお願いします」

「いつも悪いねぇ、フォローしてもらって助かるよ」

「そう言ってもらえるとありがたいです」

真冬は微笑みながらやっぱりこうして足を運んでよかったと思う。

SKテキスタイルでは仕事で関わる人とは実際に顔を合わせて話すようにしていた。規模が小さい会社だからできたことで、同じことを八雲ケミカルでするのは無理がある。実際メールやチャットツールを使うことが多い。

それでも真冬はできるだけ顔を合わせて話すようにしている。その方がスムーズに話が進むし、信頼関係も築きやすいと思っているから。

今回は専務直下の事務局として短期間で成果を出さなければいけないのだからなおさらだ。相手の都合を見計らい、メールでフォローしながらもなるべく足を運んで担当者と直接話すように心がけている。

少し池端と談笑し、ラボを後にした真冬が再び階段を上って二十三階まで戻ってくると、こちらに向けた鋭い声が聞こえた。

「あら、どこでサボっていたのかしら、派遣は楽でいいわね」

「筑紫《ちくし》さん」

足を止めると、筑紫梨絵《りえ》がこちらに冷ややかな視線を投げていた。

秘書室所属の梨絵は真冬と同い年の二十六歳だが、入念にメイクされたと思われるかわいらしい顔立ちは年齢より若く見える。ライトブラウンに染められたセミロングの髪は似合っているが、ピンクのサマーニット、ベージュのペンシルスカートは身体のラインに添いすぎて、彼女の少し肉感がある体つきにはサイズが小さい気もする。

真冬は梨絵の目の敵になっているらしく、ことあるごとにこうして嫌味を言ってくる。

「ラボに用事があっただけで、サボっているわけではないのですが」

真冬が応えると、梨絵はさも不快そうに顔を歪《ゆが》めた。

「ちょっと八雲専務や山本主任に目をかけてもらってるからって、うぬぼれてるみたいね。媚《こ》びを売るのが少し上手いだけなのに」

「はあ」

（なんというか、しょうもなくて相手をする気にもならないな）

秘書室に席を置かせてもらって一か月ほどだが、彼女の仕事ぶりが残念なことはすぐに気づいた。パソコンもやっと表計算が使えるくらいで少し高度な計算になるとお手あげ。きちんとしたマニュアルがあるのに読んでいないらしく社内システムを扱いミスをした上、システム担当者にクレームを入れる始末だ。

ミスが多いため重要なお客様対応や書類作成は任せてもらえない。しかもそれを身から出た錆《さび》だと理解していないのだ。

それなのに八雲専務に関わる業務だけは率先してやろうとするので、柊に好意を持っているいることはまるわかりだ。真冬は梨絵にとって柊の周りをウロチョロし始めた邪魔な存在なのだろう。

（言ったら悪いけど、八雲ケミカルほど一流企業の秘書室にこういうタイプがいるとは思わなかったな。これはこれで貴重な経験なのかもしれないけど）

SKテキスタイルには秘書室などなかったし、派遣社員も受け入れたことはないが、梨絵のように派遣ということだけで卑下するような同僚は誰ひとりとしていない。

「目をかけてもらってるのはありがたいですね。短期間で去る身ですけど」

内心呆《あき》れながら、スルーを試みる。

「ほんとにあなたってかわいげないのね、専務も息が詰まってお気の毒だわ。そばに置くのなら私のほうがいいのに」

早く解放してもらえないかと真冬が思っていると、背後から凛《りん》とした声がした。

「ああ真冬ちゃんいたいた。専務がお呼びだから戻ってくれる？　あら、筑紫さんもいたの」

「悠里さん」

「や、山本さん」

途端にバツの悪い顔になった梨絵に悠里はにっこりと笑った。

「筑紫さんは休憩？　まだ時間があるから大丈夫だけど、夕方の会議の設定、ミスのないようによろしくね」

「……少し休憩したら戻ります」

梨絵は言い残すと、早足でその場を去った。

「一日何度休憩してるんだか」

梨絵がエレベーターホールに消えたのを見送ると悠里は呆れ顔で言った。

「あの子、仕事できないくせに噂《うわさ》好きで知り合いだけは多くてね。少し強く言ったりミスを指摘したりしただけで、いじめられたって他部署のおじさまに泣きつくのよ。なにも知らない彼らは〝梨絵ちゃんかわいそうに〟ってなるわけ」

ふたりは秘書室へ続く廊下を進みながら会話を続けた。

「こちらが悪者にされちゃうわけですね……」

「なんであんなのがウチにって思ってるでしょ。理由は簡単。彼女、社長の奥様の遠縁で実家が資産家らしいわよ。奥様の口利きで入社したみたい」

「奥様の遠縁で資産家……」

悠里の話に真冬はもしかしたらと思い当たる。

(ということは、お義母さまが柊さんに結婚相手としてすすめようとしたのは筑紫さんだったのかな。でも〝遠縁〟なんて言おうと思ったら誰でも言えちゃうから、彼女以外の人かもしれないし……)

「真冬ちゃん筑紫さんに変なこと言われたりしていない？　彼女あなたを目の敵にしてるから」

黙った真冬に悠里は心配げに声をかけてくれた。

「あ、それは気にしてません、私、ここにお友達を作りに来たわけじゃないですから。業務に支障がなければなにを言われてもいいので」

悲しいかな幼い頃から嫌味や悪意に慣らされて育ってきたから耐性があるようで、多少感じ悪くされるくらいなんとも思わない。

真冬がはっきり答えると悠里は綺麗《きれい》な顔を綻ばせた。

「もう、真冬ちゃんてばお人形さんみたいにかわいい雰囲気なのにクールで最高。最初は専務の昔の知り合いっていうから、どんなもんかと思って受け入れたけど、あまりにも仕事ができるもんだからびっくりしちゃったわ。ずっといてもらいたいくらい」

柊の実母の弟の娘である悠里は、実力で八雲ケミカルに入社し秘書室に配属され、いかんなく能力を発揮している。

入社時柊の従姉であることは隠すつもりだったが、どこから漏れたのかいつの間にか社内中で広まってしまったそうだ。そのため、親戚だから主任になれたのだと色眼鏡で見る社員もいるらしい。

しかし真冬にとって悠里は身近なお手本で、憧れの女性だ。

「私も悠里さんと一緒に働けてよかったと思ってるんです。おこがましいですけど、いつか悠里さんみたいにお仕事ができるようになりたいなって」

お世辞でもなんでもない本心だ。すると悠里がじゃれつくように抱きしめてくる。

「もー、かわいいんだからっ！」

「わっ」

柔らかいし、いい香りがする……と、うっとりしそうになっていると、廊下の先で柊が腕を組み仁王立ちでこちらを見ていることに気づく。

「山本主任、柳沢さんを呼びに行かせたのになぜ廊下でじゃれついている」

柊は眉間に皺《しわ》を寄せて悠里を軽く睨《にら》んでいる。

「あらあら専務、失礼しました。あまりにも真冬ちゃんがかわいくて」

さすが従姉。専務相手でも悠里は全くひるまない。

「あ、あの専務、遅くなり申し訳ありません。ご用件はなんでしょうか」

悠里の腕の中からさりげなく抜け出して尋ねると、柊は表情を変えずに言った。

「明日のプロジェクト会議のレジュメと資料、早めに目を通しておきたい。現段階のものでいいからもらえるか」

「わかりました、すぐにお持ちします」

真冬は背筋を伸ばすと、資料を準備するために早足で秘書室に戻った。


真冬はプリントアウトした資料を持ち、柊を待たせてはいけないと急いで専務執務室に向かう。

柊の業務量は膨大だ。スケジュールが分刻みの時もある。

それでもスケジュール管理は本人自ら行っている。無駄を嫌う柊がそう判断したということは自分で管理するのが一番効率的だからなのだろう。

次期社長としてグループ全体を総括しつつ、素材事業部の担当役員として辣腕を振るう柊は孤高のオーラを放っている。

中途半端な仕事に対しては厳しい指摘が入るし、時には冷酷に切り捨てられる。それは真冬に対しても同じだ。今のところ大きなミスはないものの細かいダメ出しは何度もされている。

社員に対して高いパフォーマンスを求める柊はそれ以上に自分に厳しい。

ものすごいスピードで業務をこなしているのに量がそれを上回っているようで、毎日帰宅は遅い。昨日もリビングで朝方まで海外とやり取りしていたようだ。

そんな姿を目の当たりにしていると彼の体調が心配になる。

専務秘書といっても真冬の職務はプロジェクトに関わることが主で、後は柊の身の回りの世話や秘書室の一般的な業務にとどまっている。

八雲ケミカルとSKテキスタイルの間での契約上、プロジェクト以外の案件に入り込むことができないのだ、

最近それがもどかしく感じる。もっと手伝えたらいいのにと。

(私が専務の力になりたいなんておこがましいか。せめて与えられた仕事でポカをしないようにしよう)

執務室のドアをノックし「失礼します」と断ってから中に入る。

「専務、資料をお持ちしました」

シンプルで機能的なデザインの什器《じゅうき》だけが置かれた部屋はそれほど広くない。奥の執務デスクに座る柊はパソコンから顔を上げた。疲労など感じさせない精悍《せいかん》な顔だ。

「ああ、ありがとう」

「同じものをプロジェクトの共有ドライブに保存してあります。先ほどリンク先を記載したメールをプロジェクトメンバー含めて送付いたしました。ただ、難燃性の基礎実験データだけまだ間に合っていないので、入手次第追加します」

この部屋でやり取りをする時はいつも緊張する。ミスがありませんようにと祈りつつ資料に目を通す柊の様子を見守る。

「実験データか。池端がまたぼんやりしていたのか」

「今日中にいただけるよう直接お願いしたので大丈夫だと思います」

「わかった。ざっと見たところ問題はなさそうだ。後は確認しておくから戻っていい」

「承知しました。失礼します」

資料に問題がなかったことにホッとした真冬は一礼して立ち去ろうとした、その時だった。

「真冬」

（え……名前？）

振り返ると資料を見ていたはずの柊の視線がしっかり真冬を捉えている。真冬と目が合うと柊は目元を少しだけ和らげた。

「今日は早く帰るから」

「は……はい」

真冬は上ずった声でなんとか応える。

(厳しい上司の顔だったのに、いきなり切り替えないでいただきたい……っ)

表情だけでなく声色まで柔らかくされたら、仕事モードの自分はどう対応していいのかわからなくなるではないか。

それ以上柊の表情を見るのが気恥ずかしくなった真冬は、もう一度頭を下げ、そそくさと執務室を後にするのだった。

池端から無事データを受領し、対応を終えた真冬は一時間ほどの残業後、マンションに帰宅した。

手洗いうがい、着替えを済ませ台所に向かう。

「柊さん今日は早いって言っていたからすぐにご飯を作らなきゃ。唐揚げにしようと思って朝仕込んでおいた鶏モモあるし、あとはなにか副菜とボリュームのあるサラダと味噌《みそ》汁を……」

真冬はぶつぶつと呟きながらメニューを思案する。

激務に睡眠不足が続いているから、いくら体力がある柊でも疲労は溜《た》まっているはずだ。

(会社では役に立たなくても、せめて家では体力が回復してもらえるようにしなきゃ)

しっかり栄養をとってゆっくり休んでもらいたいと考えていると玄関の鍵が開く音がした。

冷蔵庫を覗《のぞ》き込んでいた真冬が迎えに出る前に、柊は真っすぐキッチンにやってきた。

「ただいま」

「お帰りなさい。お疲れ様です。早く帰れてよかったですね。この後お仕事があったりは？」

「いや、緊急の連絡がない限りしないつもりだ」

「じゃあ、ゆっくり休めますね」

「ああ、そうする」

柊はふっと笑みを浮かべ、見上げる真冬の肩にかかる髪を一度優しく撫《な》でてから着替えをしに寝室に向かった。

真冬は頬を熱くしつつ後姿を見送る。

結婚後、家での柊はずっとこの調子なのだ。いい加減慣れればいいのだが、どうにも照れくささが抜けないでいる。

「唐揚げか、うまそうだ。手伝うよ」

着替えた柊はキッチンにやってきて、真冬が鶏肉を揚げているのを見て言った。

「いいですよ、柊さんはお疲れなんですから、向こうでゆっくり座っていてください」

「腹減ったから早く食べたいんだよ。サラダつくればいいか？」

柊は冷蔵庫からキャベツを取り出し洗い始めてしまったので、真冬は「じゃあお願いできますか」と任せることにした。

「わ、すごく手際がいいですね」

テンポよく千切りにしていく柊に真冬は感嘆の声を上げげた。

料理もそうだが、彼が家事に協力的になるなんて思っていなかった。

普段の家事は主に真冬が受け持っているが、柊も時間を見つけては手伝ってくれる。

ある朝、纏《まと》めておいたゴミ袋を持って出勤しようとする柊の姿に目を疑った。

まさか、柊自らゴミ出しをしてくれるなんて思わなかったので追いすがり止めようとしたら『俺をなんだと思ってるんだ。そのくらいできる』と苦笑されてしまった。

(前の結婚ではなにもしなかったから、人にさせるのが当たり前の御曹司様だと思ってました……とはさすがに言えなかったけど)

玄関先でのやりとりを思い出して遠い目になっていると、柊は刻み終えたキャベツをボウルに移す。

「独り暮らしが長かったから基本的な家事はできるし、手先はそれなりに器用かもしれない」

「だからなんでもこなせちゃうんですね」

「まあ、性格は不器用だが」

「不器用?　柊さんのどこがですか」

彼らしくない言葉に真冬は笑って聞き返す。会社でも家でも柊は常にスマートで自信に満ち溢《あふ》れ、不器用さなんて微塵《みじん》も感じられない。

するとと彼は手を止めて自嘲するように呟《つぶや》いた。

「いや、過去それで失敗して死ぬほど後悔したことがある」

「死ぬほど……そうですか」

（柊さんがそんな風に思うなんてよっぽどのことだよね）

やけに実感が籠った言い方になんとなくこの話題に突っ込んではいけない気がした真冬は、言葉を濁しながらいい色に揚がった唐揚げを皿に盛る。すると柊が話題を変えてきた。

「それより、君の方が手先は器用だろう。今はなにか作ってるのか？」

「なにを作ろうかなって考えてるところなんです。そういう時間も楽しかったりするんですよね」

真冬の部屋にベッドの代わりに置いてあった広い作業台。柊が使っていたものだと思っていたが、そうではなく真冬のために彼が準備していたものだった。

引っ越し準備のために柊が真冬のアパートを訪れた時のこと、ミシンや生地を見つけた彼に『君の趣味か？』と聞かれたから『そうです』と答えた。それだけのやりとりで柊はソーイングがしやすい環境を整えてくれていたのだ。

所帯じみた趣味と感じただろうなと思っていたので意外だった。

当初、この家で趣味を楽しむつもりはなかった真冬だが、ここまでしてくれたのならと、お言葉に甘えてアパートからミシンや布を持ち込むことにした。ミシンは柊が車で運んでくれた。

作業台は頑丈でミシンを動かしてもびくともしないし、長さがあるので裁断もアイロンがけもしやすい。椅子は作業に邪魔にならないサイズながら長時間座っても疲れにくいものだ。作りかけだったエコバッグはあっという間に出来上がり、遠慮しつつ柊に見せたら大したものだと褒めてくれた。

「プロが使うような素敵なものを揃《そろ》えてもらったのに、あまり活用できてなくてすみません」

「謝ることはない。趣味は自分の気が向いたときにやるものだろう。でも、忙しすぎて時間がとれないのなら、やはりハウスキーパーを入れるか?」

「いえ、それは大丈夫です。そこまで手が回らないわけではないので」

ハウスキーパーについては当初からお断りしているが、柊は時折こうして真冬が無理をしていないか気遣ってくれる。

(なんだかもう柊さんが優しすぎて四年前の記憶が嘘《うそ》みたいに思えてきた)

それほど今の柊は妻を思いやる夫として完璧なのだ。

ふたり揃って夕食をおいしく頂き、食後はコーヒーで一服した。

片づけや入浴を済ませ、寝る仕度を終えた真冬が向かうのは自分の部屋ではない。あそこにはベッドも布団もないからだ。

普通の夫婦のように肌を重ねた二度目の初夜以降、柊の部屋が夫婦の寝室となっている。『夫婦が一緒の部屋で寝るのは当たり前だし、両親がこの家に来た時に俺たちの寝室が別々にあるのはまずいだろう』と柊に事もなげに言われた。

柊がいいならと真冬は毎晩彼と同じベッドで寝るようになった。最初こそ緊張したが、今ではむしろ彼の温もりを心地よく感じるようになった。

ドアを開けると、柊はすでにベッドに入り、クッションを背もたれにして文庫本を読んでいた。

柊は本好きらしく、この部屋の本棚には、純文学からノンフィクション、ミステリー、SFまでジャンルを問わず様々な本が並んでいる。気に入った本は電子ではなく紙書籍で揃えているらしい。それも今回の結婚で初めて知った。

真冬に気づくと柊は本を閉じサイドテーブルに置く。リモコンを操作し天井の間接照明を消すとベッドサイドランプの控えめな明かりだけになる。

「寝ようか」

「……はい」

真冬はおずおずとベッドに潜り込む。妙に緊張するのは自分が忙しい柊よりも先に寝てしまうことが多く、彼がいるベッドに後から入る状況があまりないからかもしれない。

（それに、こういうシチュエーションの時っていつも……って意識しすぎ！）

気恥ずかしさからさりげなく柊に背を向けると、長い腕が伸びてきて後ろから抱きしめられた。

「まだ信用されてないようだな」

※

「柊さん？」

「今日、母から連絡があったよ。君とどう過ごしているか根掘り葉掘り聞かれた。まだ信用されてないようだな」

柊は言いながら真冬の項に唇を這《は》わせてチュッと音を立てる。

「ん……、そう、なんですか……」

「仲良くやってるって言ってるんだがな。次に連絡がきたら一緒に夕食を作ったって報告しておくよ」

「……実体験に基づいた話の方が信じてもらいやすいですからね」

「その通り。真冬は察しがいいな」

お腹の上にあった掌がウエストから胸へと上がり、ふたつの柔らかいふくらみを捉えた。

「……んっ」

柊が今日のように先にベッドに入った時は、必ずといっていいほどこうして真冬の肌に手を伸ばす。予感が当たったと思うと同時に体の芯が熱を持ち始める。

「は……っ、あ、あの、柊さんお疲れなんですよね」

「ああ、そうだな、疲れてる。……そうだ真冬、プロジェクトの目途がついたらふたりでのんびり温泉に行かないか。箱根にいい宿を知っている」

「そ、そうですね。柊さんがゆっくりできるなら」

いつになるかわからないが、彼がそこで癒されるなら是非行くべきだと思う。そう答えたものの真冬の胸を弄る掌は止まる気配がない。

「でも、今日はこうして君に癒されたい」

「こんなことしたらもっと……あっ」

柊は真冬の胸を鷲掴《わしづか》みにし、捏《こ》ねるように揉《も》みこんでくる。

「疲れるって？　でも君にこうして触れていると不思議と疲れが取れるんだ」

「は……ん、でも……」

「真冬、こっち向いて。……抱きたい」

（う……その言い方はずるい……っ）

耳の際に口づけしながら、嫌か？　と請うように鼓膜に色気を流し込まれると、抗う気持ちがシュウシュウと音をあげて溶けていく。

初夜以降、柊はこうして真冬を抱くようになり、真冬も夫が妻を抱くのは当たり前という雰囲気に流され続けている。

行為は回を経るごとに濃厚になっていて、真冬はいつだって翻弄されてしまう。

でも、柊を強く拒めないのは自分も彼に触れられたいと思っているからだ。今だってこの部屋に入った時からどこかで彼にこうされることを期待していた。

抵抗しなくなった真冬に気をよくしたのか、胸を揺らしていた柊の両手がそれぞれの先端を摘まんでコリコリと擦り合わせた。

「あっ、そんな……」

背筋に走る快感に身をよじるとその勢いで体の向きが変えられた。柊と向き合うと、彼の端正な顔がこちらを見つめた。

「やっとかわいい顔が見えた」

そう言うと柊は大きな掌で真冬の両頬を包みキスを落とした。

「ん……」

繰り返される口づけは丁寧で優しい。その甘さに蕩《とろ》けそうになりながら真冬は心の片隅で自分を戒める。

柊が優しい夫なのも、こうして自分を抱くのも全部彼の両親を欺くためだ。仲のいい夫婦を演じて彼らを納得させた後、頃合いを見計らって真冬は後腐れなく彼と離婚する。

今の関係性は違ってもゴールは四年前と変わらない。それだけはなにがあっても忘れてはいけない。

(温泉か。楽しみだけど、もしかしたら柊さんと最初で最後の旅行になるのかもしれないな)

そう思うと胸の奥がチクリとし、そこからじわじわと痛みが広がっていく。

「……なにか余計なことを考えてるな」

柊は真冬の心の揺れに目ざとく気づいたようだ。キスをやめると軽く窘《たしな》めるような声を出した。

「なら、こっちに集中してもらうようにするか」

「えっ？」

柊は口の端を上げた後、夏掛けの薄い布団に潜り込む。焦っているうちに太ももの内側になにかが押し当てられた。布団で見えないが、それが唇だということは感覚でわかった。

チュッチュと柔らかい肌に吸いつく音と湿った感触は徐々に足の間の一番敏感な部分に移動する。柊は下着の上からその部分を指の腹で上下にくすぐるように擦る。

「あ……だめ」

思わず布団の上から彼の頭を押さえるが、力が入らない。

柊は下着をずらし、蜜を湛え始めた場所に直接唇を押し当てた。この後されることがわかってしまい真冬はかぶりを振ってか細く甲高い声を上げる。

「いや、しゅうさん、それ、されるとすぐに……っ！」

これまで何度かされてきているこの行為。恥ずかしいのに感じすぎるからいつもあっけなく達してしまう。

それを知っている柊はご期待どおりにとばかりに、蜜口の中に舌を差し入れチュクチュクと左右に弄り始めた。

「あ、だめ、だめ、ほんとに……っは、はぁ……ン……！」

無意識に引ける腰を柊は両腕でガッチリ固定し、舌での愛撫《あいぶ》を続ける。入り口を優しくなぞったと思うとグッと差し入れ中で大胆にぐるりと回す。

あっという間に腹の奥から蜜が溶け出し彼の唇と舌を濡《ぬ》らしてしまう。

翻弄されているうちに布団ははだけ、足の間にある彼の艶やかな黒髪の頭が目に飛び込んできた。

「はぁ、あ……あっ、あっ……も、もう……っ」

身体の感覚すべてが彼に弄られている場所に集中し、真冬は一気に快感に駆け上がる。

もう弾けると思った刹那、柊は舌を抜き間髪入れずに蜜口の上の尖《とが》りにジュッと吸いつき、舌の先端でグッと押さえつけた。

「あぁっ……っ!!」

瞬間、背筋をしならせガクガク身体を揺らした真冬は声にならない声を漏らし、絶頂に達した。

「……はあっ……はあ……」

「——真冬」

上半身を起こした柊は、息を上げ脱力した手足を投げ出す真冬を欲望の籠った瞳で見下ろし、蜜で濡れた自身の唇を無造作に手の甲で拭った。

普段理性的で冷静な柊とはかけ離れた荒々しい仕草は、仕留めた獲物を食らうしなやかな肉食獣を思わせ、目が離せなくなる。

「俺は君の夫だろう。今は余計なことは考えずに俺だけを見て、感じていて」

(言われなくても、今の私は柊さんしか見えていないし……感じてない)

そう言いたいのに息が上がって、うまく声が出ない。

返事の代わりに真冬が弱弱しく手を伸ばすと、柊は逞《たくま》しい上半身を屈め、覆いかぶさってきた。

「俺ももっと君を感じたい——続き、させて」

「……あ……っ」

食事の再開とばかり首筋に噛《か》みつくようなキスをされると、収まりかけた熱があっという間に疼《うず》き出す。

真冬は柊のしなやかな背中に縋《すが》り付いた。

「君がかわいいせいで、嫌というまで啼《な》かせたくなる……違うな、どんなに啼かれても止められないかもしれない」

「しゅう、さん……」

どこか切羽詰まったような柊の声に真冬の鼓動は否が応でも高まっていく。

こうしてふたりは〝普通の夫婦〟として濃密な夜を過ごすのだった。


「今日をもちましてプロジェクトの定例会は最後となりますが、追加でなにかありましたら、ここでご発言をお願いします」

真冬は出席者に声をかけ周囲を見渡した。

八雲ケミカルに出向してから二か月半、急ピッチで進んでいた新素材事業化プロジェクトは最終フェーズに入り、毎週火曜の十時に開かれていた定例会も今回が最後となった。

本プロジェクトメンバーはプロジェクトオーナーの柊を筆頭に、開発部、品質管理部、品質保証部、商品企画部、経理部、システム管理部からそれぞれ代表者が出席していた。

各分野のエキスパートが揃う会議をファシリテートするのは事務局で実質プロジェクトマネージャーの役割を担う真冬だ。最初は緊張でガチガチだったが、今ではそれなりに落ち着いて会議を回せるようになっていた。

技術的な専門知識はなかったが、柊や悠里、時には池端に教えてもらいつつ、元から期待されていたデータ作成についても必死に取り組んだ。

小さな課題はあったものの、プロジェクト内で知恵を出し合い、プロジェクトの総意として隙のない事業計画書を作り上げることができた。これなら、上層部による経営審議会でも可決してもらえるだろう。

真冬はここまでたどり着けたという大きな達成感でいっぱいだったし、会議室内にもホッとした空気が流れていた。

すると柊が「私から一言いいだろうか」と口を開いた。

「みなさんの努力でこのプロジェクトも道筋がついた。感謝しています。ただ、あくまで計画は計画です。計画通り、もしくはそれ以上の結果を出さなければ意味がない。引き続き気を抜かないように。それと経営審議会もこれからで、事業内容に関しては当然機密事項になる。今後も情報漏洩《ろうえい》には留意してください」

淡々とした専務の言葉に緩みかけていた雰囲気がピシッと引き締まる。

プロジェクトオーナーとしての立場の柊は、忙しい中でも会議には欠かさず出席していた。だが、いちいち口を出すこともなく、基本、真冬の進行に任せてくれていた。プレッシャーもあったが、彼がいてくれるだけで心強かった。

大きな山を越えたことは確かだが、今日ですべて終わるわけではない。真冬は八雲ケミカルで勤務する残りの期間、最後まで気を抜かないようにしようと背筋を伸ばすのだった。


「本当は夜、飲みにでも連れて行きたかったんだけど、まずはランチってことで」

「気を遣わせてしまってすみません」

会議が終わった後、真冬は悠里に誘われ八雲ケミカルが入るビルの商業施設内にある高級中華料理店にやってきた。敷居が高い店構えだが、悠里曰《いわ》く、ランチメニューはお手頃な値段設定でおすすめらしい。

待つことなく、半個室のテーブル席に通された。

「遠慮しなくていいわよ。とりあえずプロジェクトとして計画書がまとまったし、後は専務が責任を持ってバシッと経審通すだけでしょ。功労者の真冬ちゃんを労おうと思ったんだけど……なんで池端がいるのかしら」

悠里が軽く睨んだ先には池端がのんびりとした様子で座っていた。

「せっかくだから、僕も柳沢さんを労わりたかったんだけど、だめだったかな」

ちょうど悠里と連れ立って秘書室を出たところで社内をふらふらしていた池端と出くわし、ふたりでランチに行くと話したら『僕も一緒に行っていいかな』と付いてきたのだ。

さすがにいつもの白衣姿はダメだと悠里に剝ぎ取られたので、今はシンプルなワイシャツ姿だ。

「なにがせっかくだからよ。積極的に労わりなさいよ。あ、真冬ちゃんなんでも好きなの頼んでね。おごるから」

「え、でも」

遠慮する真冬に池端がゆったり笑う。

「柳沢さん、せっかくおごってくれるって言ってるんだから、遠慮することはないよ。じゃあ、僕もお言葉に甘えてフカヒレでも頼んじゃおうかな」

「ちょっと池端、まさかあんたまでおごられようとしてるんじゃないでしょうね。自分の分は自分で払う」

「えー、僕もプロジェクト頑張ったんだけどな」

「よく言うわ。いつもぼんやりかましてくれる室長様に私も真冬ちゃんも振り回されてたんだから……ほら、メニュー。どうせ普段研究にかまけて碌《ろく》なもの食べてないんでしょ、栄養のあるものを頼みなさいよ。ここの海鮮五目焼きそばは野菜もいっぱい入っておいしいわよ」

悠里が池端にメニューを渡す様子を真冬は微笑ましく見る。

（このふたり、同期同士でいつも仲良しなんだよね。悠里さんは池端さんの世話を焼いてるし、マイペースな池端さんも悠里さんにはずいぶん懐いている気がする）

結局悠里おすすめの海鮮五目焼きそばを三人そろって注文した。

「んー、やっぱりおいしいわね。経審通ったら改めてここで真冬ちゃんを労う会を開きましょうか。なんせ今回の最大の功労者だもの。その時は専務も連れて来ておごってもらいましょ」

悠里は熱々の麺にたっぷり酢を回しかけ口に運ぶ。

海鮮と野菜のうま味と塩味がきいた餡《あん》が本当においしい。好物の海老もプリプリしていて、真冬の頬も緩む。

「功労者なんて。悠里さんや池端さんをはじめとするプロジェクトメンバーの皆さんにいろいろ教えていただいて、どうにかやってこれただけですから」

「そうは言っても面倒な人もいたじゃない。ほら、システムの門脇《かどわき》さんとか」

「そんな人いた？」

悠里の言葉に池端が熱そうに麺をすすりながら言う。

「池端はあいかわらず、興味がないことに使う記憶力がないのね。いたじゃない、空気読めない発言してたおじさん」

プロジェクトメンバーの門脇はシステム管理部の工程システム担当課長で、会議で何度もシステム構築の複雑化について疑問を呈された。

「システム関係の話になるとなにかと嚙みついてきてたわよね。それがまともな議論ならむしろ歓迎なんだけど〝今更それ言う？〟みたいな言いがかりを繰り返してたから正直引いたわ。まあ、その都度真冬ちゃんに淡々と説明されてなにも言えなくなってたけど。あの人次期システム管理部長を狙ってるらしいから、専務の前で存在感出したかったのね。結局担当から外されてんだからしょうもないけど」

「……新しい担当の方は協力的だったので助かりました」

（門脇さんには相当嫌われちゃいましたとは言わないでおこう）

真冬はシステム系の知識を詰め込んでからプロジェクトに臨んだので、門脇の的外れな質問にも対応できた。しかしそれがよくなかったのか、先週偶然居合わせた門脇に『派遣のくせに偉そうに、生意気な女だな』と吐き捨てられたのだ。

いい気はしないが、本題を正しく進めるためなら多少目の敵にされても構わないと真冬は割り切っていた。

「ともかく、プロジェクトが形になりそうで本当によかったです。心置きなく派遣期間を終えられます」

来週の経営審議会で通ればプロジェクトの事業化が実現する。そして、生産委託を受けるのはＳＫテキスタイルとなり、真冬がここに来た目的は達成されたことになる。

派遣期間は残り約二週間。ＳＫテキスタイルに戻るのにちょうどいいタイミングだ。

「やっぱり、帰っちゃうの？」

「元々、三か月間の期限付きの出向でしたから」

悠里の寂しそうな声につられて真冬の声も沈んでしまった。

この二か月半、必死で業務をこなし社内の人と関わっている内に真冬は八雲ケミカルに対して愛着のようなものを持ち始めていた。

なによりここで信頼を築いた人たちと離れるのは寂しい。

（ここでは成果さえ上げれば他はどうでもいいと思っていたけど。寂しいと思えること自体、幸せなんだろうな）

出向の話を持ちかけられた時はどうなることかと思ったが、貴重な機会を与えてくれた柊には心から感謝している。

（でも会社では柊さんのそばにいることも、姿を見ることもできなくなるんだな）

短期とはいえ、真冬は柊の専属秘書としてできる範囲で彼の身の回りをサポートしてきた。

それができなくなると思うと、なんだか大事な時間を手放すような気持ちになる。

（なに考えてるの。私の出向期間は最初から決まっていたし、会社で会えないだけで、柊さんとはまだ夫婦として一緒に暮らしていくんだから）

ここでの役割はまもなく終わるが、妻としての仕事は残っている。来週の経営審議会に合わせて柊の父は妻と共に帰国する予定だ。おそらく近々彼の両親と顔合わせをする機会が設けられるだろう。

自分たちが仲睦まじい夫婦であると見せなければいけない、いわば本番だが、あまり心配はしていない。

柊との〝新婚生活〟は順調だ。相変わらず柊は妻を愛する夫を完璧にこなしている。もしかしたら本当に、自分は彼に心から望まれて妻になったのではないかと思ってしまうくらいに。

だが着実に時間は流れている。彼の両親に顔合わせをした後は、頃合いを見計らって離婚することになるのだ。それがいつになるかはまだわからないが、終わりが見えてくるのは確かだ。

そう思うと胸の奥がずんと重くなる。

「期限なんて、なかったことにできないかしら」

自分の考えに沈み、箸が止まっていた真冬は悠里の言葉に我に返る。

「悠里がそこまでだれかを気に入るなんて珍しいね。君って実は人の好き嫌い激しいのに」

池端が意外そうな顔で言うと悠里は「まあ、そうだけど」と苦笑する。

「だって真冬ちゃん、能力があって素直でまじめだから秘書に向いてると思うのよ。冗談抜きでヘッドハンティングしたいくらい」

「悠里さんありがとうございます。すごく嬉しいですけど買いかぶりすぎですよ。それに、やっぱり約束は約束ですから」

真冬は笑顔で応えつつ、箸を進めた。

食事を終え三人連れだってオフィスに戻ってくると、廊下の向こうに柊の姿があった。

（あ、柊さんだ……え、隣にいるのは）

柊の横には梨絵が絡みつくように寄り添っている。

遠くて聞こえないが、なにやら熱心に話しかけている梨絵に対して柊は無表情であしらっているように見えた。

「あー、また絡まれちゃってるわね～」

柊たちに気づいた悠里が呆《あき》れた声を出す。

「筑紫さん、真冬ちゃんの後の専属秘書を狙ってるみたいで、真冬ちゃんがいないところを見計らってはああやって直談判してるのよ」

「そうなんですか」

改めて彼らの方を見ると柊は梨絵を迷惑そうにあしらいつつも、一応相手をしている。

無下にできないのは梨絵が母の遠縁だからかもしれない。

ふたりの姿をこうして離れた場所から見てみると、梨絵は愛らしい顔立ちで、メイクなどの身だしなみも手を抜いていないから柊と並び立っていても違和感はない。

今は仕事に身が入っていないようだが、念願通り専務秘書になればやる気を出して覚醒するかもしれない。自分のように短期ではなく、長期的なサポートができるようになるだろう。

そう考えた途端、それは嫌だと胸の奥がギシリと音をたてて軋《きし》んだ。

(私、なんでそんな風に考えちゃうの)

柊の忙しさを考えたら今後も専属秘書がいた方がいい。そう頭ではわかっているのに、心は柊に自分以外をそばに置かないでほしいと拒否している。醜い感情の存在に真冬は焦りだす。

(……これって、なんかまずいかも)

これ以上深く自分の心を覗いたら、取り返しのつかないことになってしまう気がする。

小さく頭を振って余計な思考を追い出していると、柊と梨絵はこちらに気づくことなく立ち去り姿が見えなくなった。

心の中で安堵《あんど》の息をついていると、横で池端が首を傾げた。

「さっきの彼女……」

「筑紫さんですか? どうかしましたか」

「うーん、初めて見るはずなんだけど、やけに記憶に引っかかるんだよね」

「秘書室のメンバーだし、何度か顔を見てるけど忘れていただけじゃない? なんせ池端の記憶力は興味のあるものに全振りしてるから」

悠里の鋭い指摘に池端はゆるく笑う。

「うん、たしかにそれは否定できないなぁ」

「ふふ、ご本人が自覚しちゃってるんですね」

真冬は悠里と池端の会話に加わりながら、意識的に気を紛らわせた。

「温泉旅行、急だが今週末はどうだ？」

そう柊に言われたのは一緒に夕食を取っているときだった。

「温泉旅行？」

メインの豚の生姜《しょうが》焼きに箸をのばしかけたのをやめて真冬は聞き返す。

「前に言っただろう？　プロジェクトの目途がついたらふたりでのんびり温泉に行かないかって。今日の会議で一応一区切りついたからいいタイミングだと思ったんだが」

柊はボウルに入ったサラダを自分の小皿に取り分けながら言った。その優雅な手つきを見ながら真冬は思い出す。

(そういえば前にそんな話をしたっけ。目の前の仕事をこなすことに必死で、すっかり忘れてた……柊さんと旅行、それも温泉！)

真冬は期待に顔をパッと輝かせる。実は修学旅行などの学校行事を除くと、今まで旅行した思い出がないのだ。

「行きたいです……でも、いいんですか？」

「君はここまで息を詰めながらプロジェクトを引っ張ってきたし、成果も上げただろう。ここで羽を伸ばしたってバチは当たらない」

今日会議で淡々と『引き続き気を抜かないように』と場を引き締めていた人とは思えな

い発言に真冬が目を瞬かせていると、柊は整った目元を細めて言った。

「まあ、なにより俺が温泉で息抜きしたいだけだ。付き合ってくれ」

「……はい、楽しみにしてます」

真冬ははにかみつつ返事をした。

（ほんとに柊さんったら、甘やかし上手なんだよね）

真冬の努力をサラリと評価し、労うために温泉に誘ってくれる心遣いが素直に嬉しい。柔らかい笑顔まで添えられたら胸が甘く高鳴ってしまう。

彼の本質がこんな優しいだなんて四年前は思いもしなかった。もしかしたらこんな笑顔は自分にしか向けないのではと、うぬぼれてしまいたくなる。

（ダメダメ、勘違いしないようにしなきゃ。柊さんが優しいのは、今のところ私が柊さんの望む役割をなんとかこなせてるから）

引き続き彼の期待を裏切らないようにしなければと、自分に気合を入れなおす。

「そういえば、私がＳＫテキスタイルに戻るときの話も進めないといけないですよね。プロジェクトのことは早急にまとめて悠里さんに引き継ぎますが、元々悠里さんが前任者なので問題はないと思います」

真冬は食事の手を止めて熱心に説明する。

後は柊の専務秘書としての細かい業務だが、来客対応などが主なので困ることはないだろう。

「真冬」

「はい」

相変わらず彼は微笑んでいるが、視線に呆れが混ざったような気がする。

「まったく、君は仕事に熱心すぎて困る。家ではもっと楽しい話をしないか？」

「えっ……でも」

八雲ケミカル一仕事にストイックな彼に言われるのは心外で、真冬は思わずむぅと唇を突き出す。

「〝私納得できません〟って顔をしても、かわいいだけだ」

「かわ……」

ナチュラルに言葉に砂糖をまぶさないでほしい。顔を熱くして口ごもることしかできなくなってしまう。

「楽しい話といえば、温泉、君と一緒に入るのが楽しみだ」

「ん、一緒？」

聞き捨てならない柊の発言に真冬は目をパチクリさせる。

「普通、夫婦は温泉に行ったら一緒に入るのがあたりまえだぞ」

（知らなかったのか？　みたいなテンションで言ってるけど絶対に違う！）

「柊さん、いくらなんでも嘘だってわかりますよ。言っておきますがお風呂は恥ずかしすぎて無理です」

「今更恥ずかしがることはないだろう。真冬の身体は隅々まで見てきたし、本人以上に知っているつもりだが」

「～～やめてくださいっ」

あけすけな言い方に真冬の顔がさらに熱くなる。

「だったら、今日から一緒に入って慣れておくか」

「きょっ、今日からって」

「今まで一緒に風呂に入ったことはなかっただろう？」

いい考えだと柊がニヤリと口の端をあげてこちらを見るものだからたまらない。真面目に仕事の話をしようとしていたのに、いつの間にか一緒に風呂に入るか否かという不真面目な話にすり替わっている。

（まずい、このままじゃ今日から柊さんと一緒にお風呂に入ることになってしまう！）

真冬が柊の色気に追い詰められ焦っていると、リビングに置いてあったスマートフォンの着信音が聞こえた。

「あっ、私です！　ごめんなさい、出ますね」

食事中に行儀が悪いと思いつつ、このいたたまれない状況から抜け出せると思った真冬は、慌てて席を立つ。

「どうぞ」と笑いをかみ殺している柊を恨めしく思いつつ、リビングテーブルの上に置いておいたスマートフォンを手に取る。

──しかし、そこに表示されている名前を見た瞬間、血の気が引く感覚と共に真冬は絶句した。

（なんで、今この人が？）

必死に顔に平静を貼り付けつつ素早く自室に移動しドアを閉め、深呼吸をしてから通話ボタンをタップする。

「……はい」

『真冬、久しぶりね』

「お義母さん……お久しぶりです」

電話の相手は真冬の義母、柳沢咲江だった。

柊との離婚をきっかけに、真冬は柳沢家を出て独り立ちをした。それ以来、実家とは連絡を絶っていたし、実家から連絡が来ることもなかった。

自分のことは柳沢家として相応しくない不用品だと見限ったのだろうと思っていたし、むしろそれで助かっていた。

柳沢家という呪縛といったら大げさかもしれないが、とにかく重いしがらみから解き放たれて、真冬は自分の人生を生きることができていたから。

義母からの突然の電話に嫌な予感が先立ち、まず口をついたのは父と弟のことだった。

「お父さんか浩太郎になにかあったんですか？」

『ふたりとも、息災にしているわ』

義母の言葉にホッと胸をなでおろす。

（だったら、なんでわざわざ私に連絡してきたんだろう）

全身で身構え警戒する真冬の耳に義母の猫なで声が響く。

『ねえ、真冬、そろそろ顔を見せに家に帰っていらっしゃいな。お父さんも、あなたのことを心配して会いたがっているわ。ちょっと、相談したいこともあるのよ』

自分に向けられたことのない優しい声色に、かえって言い知れぬ恐ろしさを感じる。

（お父さんが私を心配しているなんて、嘘だ）

子どもの頃から自分に無関心を決め込んでいる父に、真冬はなにも期待していなかった。

『いつ来れるかしら、なんなら明日でもいいわよ』

「あの、すみません。ちょっと今は会社が忙しくて……」

一方的に話を進めようとする義母に真冬が難色を示すと、電話の向こうであからさまにムッとした気配がした。

『忙しいなんて大げさね。どうせ大した仕事していないんでしょう？　まあ、平日が無理なら週末でもいいわ。とにかく一度戻りなさい』

さっきまでのこちらを懐柔するような声から有無を言わせない苛立った口調に変わる。

実家にいた時はよくこの声色を聞いていた。久々に胃がギュッと絞られるような不快感を覚える。

（やっぱりお義母さんは相変わらずだ。頭ごなしになんでも決めつけて、私を従わせようとする）

昔の自分なら、言われるとおりにしていたかもしれない。しかし今は違う。実家に戻る気にはなれないし、義母の言う〝相談したいこと〟も自分にとっていい話とは思えないから行きたくない。

とはいえ正直にそう言えるはずもなく。

「週末も予定が入っていまして……ごめんなさい」

真冬は冷や汗をかきながらなんとかやり過ごし、ひとまず電話を切ることに成功したのだった。

翌日の午後、真冬は柊に依頼されたプロジェクト資料のデータ整理を行っていた。

自席のパソコンに向かって集中していたものの、ふとした拍子に昨日の義母の電話を思い出して気が重くなる。

（短時間の電話だったけどどっと疲れた……お義母さんのことだから、きっとまた電話掛けてくるんだろうな。一度は腹を括って実家に戻って、私にはお構いなくってお願いしないといけないかも）

柊には余計な心配をかけたくないので、実家のことを話すつもりはない。昨日も〝学生時代の友達から久しぶりに電話が掛かってきた〟と説明しておいた。

（久々に実家に行くと思うと気が滅入るな。浩太郎に会えたら嬉しいけど、あの子ももう高校三年生になったんだよね）

幼児の頃は懐いてくれていた腹違いの弟は成長するにつれ真冬と距離をとるようになり、祖父が亡くなった後は完全に疎遠になった。そのまま真冬は結婚、離婚を経て家を出てしまったため会っていないが、真冬にとってかわいい弟であることは変わっていない。

（あーダメだ、仕事中なのに集中できない）

真冬は一度気分を変えようと席を立つ。

「悠里さん、コーヒー淹れにいきますけど飲みますか？」

「ありがとー、お願いしていいかしら」

「はい、行ってきますね」

隣のデスクでパソコンに向かっていた悠里に見送られ、真冬は会議室エリアの奥にある給湯スペースに向かう。

スペースの入り口に入ろうとしていると遠くに廊下を横切る人影があった。何気なくそちらに視線をやった真冬は思わず声を上げた。

「え……社長っ？」

「あっ、真冬ちゃん！」

こちらに気づいたＳＫテキスタイルの社長、白川朔也は目を見開いてからこちらにかけ寄ってきた。

「久しぶりだね」

満面の笑みを浮かべる白川。スーツ姿もスマートで大人の男性の清潔感と爽やかさは健在だ。

「なんで今日はこちらに？　お元気でしたかって言うのも変ですけど、お変わりなさそうですね」

三か月弱会っていないだけだが、随分懐かしく思える。なんだか久しぶりに親戚に会ったようなテンションになる真冬に白川は目をさらに細めた。

「うん、元気だよ。今、八雲専務と打ち合わせが終わったところなんだ。真冬ちゃんの大活躍も聞いたよ。いろいろありがとう」

「いえ、予定通りにいきそうでよかったです」

聞くと、来週にはプロジェクトが正式にスタートするから早々にパイロットプラントを立ち上げたいという内々の打診だったらしい。

「そうだったんですね。専務の打ち合わせ相手が社長だったなんて知りませんでした」

真冬はこの時間に柊に来客があることは把握していたが、スケジュール上相手は〝取引先〟としかなっておらず、柊には対応不要だと言われていた。

すると白川は意外そうな顔をする。

「知らなかったのか。八雲さんには君は別件で手が離せないって言われたんだけど」

「そう、ですか……」

（たしかに柊さんに依頼されたデータ整理をしてたけど、そこまで急ぎだったわけじゃないのにな）

プロジェクトの内容や生産委託先は今のところ極秘ではあるけれど、真冬はその事情をすべて知っている。できれば同席したかった。

「あの、専務は？」

「ああ、打ち合わせが終わったタイミングで彼に電話が掛かってきたから、僕はお暇させてもらおうと退出してきたんだ。でもよかったよ。偶然でも君に会えたんだから。さっきは元気だって言ったけど、実は僕真冬ちゃん不足で寂しくて仕事が手につかないんだ」

「ふふ、社長、相変わらずですね。でも、私もお会いできて嬉しいです」

真冬が柔らかく笑って白川を見上げると、彼は驚いたように目を見開く。

「――真冬ちゃん、なんか変わった？」

「そうですか？　環境が変わってちょっとはキリッとしましたかね」

真冬がおどけると、白川はうーんと唸《うな》ってじっと真冬の顔を見る。

「それもあるけど、なんかやけに綺麗というか……大人っぽくなった」

「なんか、社長のそういうのも久しぶりで、安心感すらあります」

相変わらずの調子のいい軽口にクスクス笑っていると、真冬の頭に白川の掌がそっと乗せられた。

「社長？」

「……やっぱり僕、真冬ちゃんにそばにいてほしい」

真冬は白川の意外な行動に少し驚く。今までは冗談は言いつつも紳士的な距離を守り自分に指一本触れてきたことがなかったから。

（社長、忙しくて疲れてるのかな。もともと人手足りないのに私まで抜けちゃったし）

自分が会社を離れることで社長や職場にかなり負担をかけているのかもしれない。

「もう少しで出向期間も終わりますし、そうしたらまた社長のおそばで一生懸命働かせていただきます」

真冬が表情を引き締めると白川は困ったように笑う。

「うーん、そうなんだけどそうじゃないんだ……あのさ、真冬ちゃん」

白川が続けようとしたときだった。

「白川さん、私の秘書に不用意に手を触れないでいただきたい」

鋭い声に真冬は驚いて振り返る。

そこには柊が立っていた。整った顔の眉間には深い皺がよっている。

「せ、専務」

白川は「おっと、真冬ちゃんごめんね、つい」と言いながら真冬の頭からゆっくり手をどかし、柊に向かって苦笑する。

「〝私の秘書〟ですか」

「事実ですから」

表情を変えずに応えた柊に白川は「なるほど、そういうことですか」と溜息をついた。

「どうも変だと思っていたんですよね。僕はとんでもないところに大事な……社員を出向させてしまったようだ。でも、それももうすぐ終わりますすが」

「白川さん、今日はありがとうございました。エントランスまでお送りします」

柊は不機嫌なオーラはそのまま、冷えた笑顔を浮かべ会話を断ち切る。

（な、なんだかわからないけど、柊さんの目つきがとっても怖い）

真冬は思わず一歩後退するが、白川は動じずに人のいい笑みを返した。

「自分で帰れますのでお気遣いなく。じゃあ、真冬ちゃん。戻ってくるの待ってるよ――僕のところに」

「は、はい。あの、社長お気をつけて」

白川はもう一度真冬に笑いかけると、柊に失礼しますと声をかけその場から立ち去った。

白川がいなくなると、その場に柊とふたり謎の気まずさと共に残される。

無言で立つ柊の険しい横顔を見て、真冬は今更ながら自分の失態に気づく。

（こんな人目につくところで社外の人と立ち話なんてしてたらダメだった）

しかも話していた相手はこの先プロジェクトに関わる予定の企業のトップだ。まだ内容は極秘扱いだし、真冬がＳＫテキスタイルからの出向者ということも秘密だったのに。

自分の不用意な行動が柊を怒らせてしまったのだと真冬はにわかに慌てだす。

「専務、申し訳ありませんでした。社長とお会いできたのが久しぶりだったので嬉しくてつい立ち話を」

周りに人がいないことを確認した真冬は柊に謝罪し、深々と頭を下げる。

しかし、返事はない。

これは相当怒っているのではと不安になった真冬は、顔を上げて恐る恐る柊の表情を確かめようとした。しかしそれを阻むように右の二の腕を摑まれ、グイッと引っ張られる。

「……えっ、専務？」

柊は真冬の戸惑いをよそに、そのまま早足で歩き出す。

会議室が並ぶ廊下の奥まった場所とはいえ、いつ社内の人間に会ってもおかしくない。

それでも柊は真冬から手を離さない。

連れ込まれたのは、すぐ近くの空き会議室だった。真冬が足をもつれさせるように中に入ると閉じた扉に背中をグイッと押し付けられ、柊の両腕に囲われた。

いわゆる〝壁ドン〟の状態だ。

照明のついていない会議室は薄暗く、窓から入る弱い光が作りだした柊の影が真冬にぼんやりと被さり、彼自身の表情は窺いしれない。

「あの、専務、どうかされましたか？　どこかお身体の具合でも……」

この状況の理由がわからず真冬は体調を尋ねたが、返ってきたのは答えではなかった。

「久しぶりで嬉しい、か。たしかに君もずいぶんといい表情をしていたな」

柊は戸惑う真冬の項に手を伸ばし強引に頭を引き寄せた。

極限まで顔が近づき、真冬は驚きに目を丸くする。お互いの唇が触れ合う寸前、柊は低く乾いた声を落とす。

「俺たちが夫婦で、こういうことをする関係だって知ったら白川社長はどう思うだろうな」

「え？　……んぅ」

碌な反応もできないまま、真冬は柊に唇を奪われていた。

重ねるだけではなく、初めから中に入りたいと強請るような角度を変えるキスに真冬は焦り戸惑う。いったい柊はどうしてしまったのだろう。

普段誰よりも冷静で衝動的に行動するなんて想像すらできない彼が、真冬を強引に会議室に連れ込み、貪るような激しいキスを仕掛けている。

会議室に鍵がかかっているかもわからないし、いつ誰が入ってきてもおかしくない。すぐやめてもらわなければいけないのに、真冬はなぜか拒むことができない。

「は……っ、ん……」

「真冬、君は俺の、妻だ」

唇を離した柊は真冬の頬を両手で包み、切なげに声を漏らした。

至近距離でやっと見えた彼の表情、こちらを見つめる瞳に切なさと劣情が浮かんでいる気がして真冬の胸はギュッと絞られる。

「あの、柊さ……」

真冬が続ける前に、再び顔を近づけてきた柊に唇を覆われる。

「う……ん、ダメ……」

拒もうとする隙をついて、真冬の口に柊は舌を差し入れてくる。口内を弄られると身体の奥がいとも簡単に疼きだし、腰から下の力が抜けていく。強引なのに、唇も舌の感覚も蕩けるように甘くてこのまま彼に縋って身を任せたくなる。

しかし真冬は、消えかかる理性を必死にかき集めた。

(こんなところ誰かに見られたら、いろんな面で一発アウトだ)

「ん、しゅ、柊さん、ほんとにダメ……」

柊の背中に回しかけた両手を引っ込め、代わりに逞しい胸板をできる限りの力で押す。するると彼の拘束は思ったより簡単に解かれる。離れた勢いのまま真冬は声を張った。

「ふっ、夫婦でも会社でこういうことはしちゃいけませんっ!」

静かな会議室の壁に真冬の放った声が吸い込まれ、シンと静かになる。

頬を上気させ肩で息をする真冬を見た柊は数秒沈黙した後、苦笑交じりに息を吐いた。

「たしかにそれはそうだな……悪かった」

「えっ」

柊は立ち尽くす真冬の乱れた髪を手櫛《てぐし》で整えると、スーツのポケットからハンカチを取り出し、口の周りを拭ってくれる。

「口紅、取れてしまった」

「あ、あの、後で自分で直しますから大丈夫です」

「そうか」

柊の表情も声もいつもどおりの落ち着いたものに戻っている。

さっきまでふたりの間にあった息の詰まるような空気は消え去っていた。

柊はハンカチをしまうと扉の鍵に手を掛け開錠した。どうやらいつの間にか鍵をかけていたらしい。抜かりないというべきだろうか。

「俺が先に出るから、君はタイミングを見計らって後から戻ってくれ」

「……はい」

柊が会議室から出ていき、扉が静かに閉まる。

ひとりになった真冬は近くにあった会議用の椅子に近づきヘナヘナと座り込んだ。

たしかにこのまま少し気持ちを落ち着かせてから戻った方がいいかもしれない。

「私、途中から〝どうにでもして〟って思っちゃってた。危ない。危なすぎる……でもなんで柊さんあんなこと」

てっきり八雲ケミカルの専務秘書としての意識を欠いたことで彼を怒らせたと思っていたのだが、普通に考えて会議室に連れ込まれてキスをされる理由にはならない。

戯れにからかわれたのだろうか。会社でそんなことをする人とは到底思えないのだが。

『真冬、君は俺の妻だ』

そう言った柊の切なげな声と瞳を思い出す。真冬を逃がすまいとする切迫感を感じたのは気のせいだろうか。

（もしかして、やきもち……とか？）

柊は白川と真冬が親しく話す様子を見て、嫉妬心であんな行動をとったのではないか。

その可能性に行きつくと落ち着きかけた鼓動が再びドクドクと騒ぎ出す。しかし真冬は慌てて頭をプルプルと振る。

（なにおこがましいこと考えてるの。柊さんはやきもちなんて焼くような人じゃない。そもそも結婚自体便宜上したんだし、近い将来離婚するんだから）

「――期待しちゃダメ」

気持ちを抑えたくて口にした言葉は、かえって自らに現実を突き付けた。真冬は溜息をつくと、ゆっくりと背中を椅子の背もたれに預け自嘲の笑みを浮かべた。

「ああ、もう……誤魔化せなくなっちゃったな」

期待してはいけないと自分にブレーキを掛けること自体、そうであってほしいと願っていることに他ならない。

本当は少し前から自分に芽生えた想いに気づいていた。でもはっきり認めたら自分が辛くなるから見て見ぬふりをしていただけなのだ。

柊が嫉妬してくれたら嬉しいと思ってしまう理由。

会議室なのに求められたらすぐに絆されそうになったのも、あっさり身体が離れたことに少しさみしさを感じてしまったのも。

すべて柊が好きだから。心も身体もどうしようもなく彼を求めているからだ。

最初の結婚生活の時から、真冬は柊を嫌っているわけでも憎んでいるわけでもなかった。たしかに彼は淡々とした人だったが、義母のように干渉してくることも責めることもなかった。こちらに関心がなかっただけなのかもしれないが、それだけでも真冬にとってはありがたかった。

憎まれ口を叩《たた》いていても、柊が病床の祖父に向ける表情には上辺ではない優しさがあった。きっと大切な家族には愛情を注ぐ人なんだろうと思っていた。

今、柊は前の結婚が嘘のように真冬を大切に扱う。まるで唯一無二の愛する妻のように。それが真冬にはあまりにも心地よくて、幸せを感じてしまっている。

「このままじゃどんどん柊さんと離れるのが辛くなっちゃう……」

真冬の独り言は、弱弱しく足元に落ちた。

悶々《もんもん》となりながら数分過ごした真冬だったが、いつまでも籠っているわけにもいかないと会議室を出る。廊下を歩いていると悠里がこちらにむかってくるのが見えた。その姿にハッとする。

（そうだコーヒー！　すっかり忘れてた）

思いがけないことが立て続けにおこり、給湯室に行くという本来の目的が頭から吹き飛んでいた。

悠里は真冬を見つけると、歩み寄ってきた。

「真冬ちゃん、よかった。なかなか戻ってこないから心配に――」

「そうでしたよね。ごめんなさい、今から給湯室に……えっ？」

言い終わる前に悠里にガシッと手首を摑まれる。

「ちょっと来て」

強引に歩き出す彼女に引っ張られるように会議室用の備品倉庫に連れ込まれた。

「悠里さん？」

壁を背にした真冬の額に悠里の手が伸び、掌がそっとあてられる。

（え、デジャブ？）

先ほど彼女の従弟にされたのと似た展開に目を瞬かせていると、悠里はホッとした顔で手を離した。

「熱はなさそうね。でも真冬ちゃん、その顔のまま秘書室に戻ったらだめよ。頬が赤いし、目も潤んでて、いかにも〝なにかありました〟って顔してる」

「えっ、あ、あの……」

自分では落ち着いたと思っていたのに、まださっきの火照りが顔に残っていたようだ。

どう言い訳しようかと焦っていると、悠里は自分の口角の斜め下をトンと細い指で指し示す。

「あと、ここ、ついてる」

「……！」

真冬は慌てて口元を押さえた。柊にキスをされて乱された口紅が残っていたようだ、ハンカチで拭ってくれただけでは取り切れていなかったらしい。

ただでさえ熱かった頬がボフンと沸騰したようになる。

悠里は、パンツスーツのポケットからティッシュを取り出し素早く取り去ってくれた。

「す、すみません」

（い、いたたまれなさすぎる……どうしよう）

まさかさっきまで専務に会議室でキスされてましたとは言えないが、誤魔化せる相手ではない。

すると、悠里はドアの向こうを睨むようにして言った。

「どこの専務かしら、私のかわいい真冬ちゃんに不埒《ふらち》な真似をしたのは」

「え」

息をのむ真冬に悠里はやれやれという顔をする。

「どうせ柊でしょ。……私、最初からふたりの関係がただの〝知り合い〟だなんて思ってないわ」

なにも言えないでいる真冬に悠里は落ち着いた口調で続ける。

「そもそも柊にはあなたが来るときに、なにをおいてもフォローするようにって頼まれてたのよ」

「専務が、そんなことを」

「フォローなんていらないくらい真冬ちゃんは優秀で努力家だったけど。それにあの冷血専務、たまーに見たこともないような優しい顔で真冬ちゃんを見てるのよ。まあ、どういう関係かは無理に聞こうとは思わないけどね」

「悠里さん……」

悠里は自分たちの間になにかあると察した上で見守ってくれていたようだ。ありがたいやらいたたまれないやら、複雑な気分になる。

「でも、あいつが真冬ちゃんに合意なしに理不尽なことをしたのなら、へし折って葬ってやる」

「へし折る……なにを……?」

微笑を浮かべる悠里の目の奥に不穏な光を見つけ、真冬は慌てる。

「あの、悠里さん、気にかけてくれてありがとうございます。でも理不尽なことはされていませんのでご心配なくというか、なんというか……」

「無理に話すことはないわ。ただ、困ったときは絶対我慢しちゃだめだからね。真冬ちゃんはいろいろ抱え込んじゃう性格っぽいから」

口ごもる真冬に悠里は諭すように言った。

わかっている。薄々バレているとはいえ、彼女に自分たちの関係を打ち明けるわけにはいかないのだ。こんなにも自分に寄り添ってくれる先輩に対して申し訳ない気持ちでいっぱいになる。

（でも、いつになるかわからないけれど、悠里さんには話したい）

柊の従姉としてではなく、尊敬する先輩として、おこがましいけど女友達としてずっと仲良くしていたい。そんな風に思える相手に出会えたことが嬉しくて、真冬は素直に笑った。

「結構先になっちゃうと思いますけど、いつか、今日のことも込みで話を聞いてもらえますか？」

「うふふ、やっぱり恋バナなのかしら？」

「えーっと、結構壮大な話になるかもしれません」

自覚したばかりのこの恋は、自分の生い立ちも含めた経緯も合わせて説明しないと伝わらなさそうだ。

「オッケー、こう見えて私恋バナ大好きだから。そして私はあなたの味方だからね。真面目に努力する子は当然のように報われてほしいっていつも思ってるの」

悠里は真冬の頭を撫でて、美しい顔を綻ばせた。

大人になってからの自分は、本当に人との出会いに恵まれている。真冬は心からそう思った。

5．理不尽な夫の悔恨

「……俺はいったいなにをやっている」

執務室に戻った柊は、椅子に身体をどさりと預け天を仰いだ。

今日の白川朔也との打ち合わせは、生産委託先である彼の会社、ＳＫテキスタイルと内々にパイロットプラント整備の話を進めるためのものだった。

極秘の打ち合わせだから、スケジュール上の打ち合わせ相手は非公開にし、その時間真冬にはデータ整理を依頼した……というのは建前だ。

このプロジェクトの事務局である真冬は機密事項も含めほとんどのことを把握している。だから同席してもらってもなんら問題もないし、業務の都合上もその方がよかったはずだ。

そうしなかった理由は簡単。ただ柊が真冬を白川社長に会わせたくなかっただけというすがすがしいほどの公私混同だ。

それが裏目に出て、結局真冬は白川と顔を合わせてしまった。彼らが談笑しているのが目に入った時、柊は驚きに足が止まった。

白川は笑顔を浮かべ、真冬も心から嬉《うれ》しそうな微笑みを白川に向けていた。本当に会えて嬉しいと思っている表情。誰も立ち入れないふたりの世界が出来上がっているように見えた。

真冬は白川を慕っている。それは上司に対する尊敬や感謝の気持ち、そして四年間で育った親愛の情だろう。

しかし白川は真冬にかわいい部下以上の想いを抱いている。

初めて柊がＳＫテキスタイルを訪問した時、白川の軽口の向こうに本音が垣間見えたし、真冬に向ける視線は愛おしい女に対するものだとすぐにわかった。

（だから、遠ざけたのに）

柊の胸はどす黒い感情に支配される。

白川が真冬の頭に手を置いた瞬間、冷静さを保てなくなった柊は思わず駆け寄っていた。

『白川さん、私の秘書に不用意に手を触れないでいただきたい』

彼女の綺麗《きれい》な黒髪に自分以外の男の手が触れるなど許せなかった。本当は俺の妻に触るなと言いたかった。

白川は柊の様子に察するものがあったようだ。けん制するだけして去っていった。

真冬は白川と会えたのが嬉しくて立ち話をしてしまったなどと素直に謝罪してくるものだから、さらに煽《あお》られた柊は衝動のまま彼女を会議室に連れこみ唇を奪った。

今まで何度も奪ってきた甘く柔らかい唇を貪りながら、これは俺のものだという独占欲と余すところなく味わいたいという渇望が湧きおこった。

彼女にはっきり拒絶されて初めて我に返った。そうでなければあのまま止まらなくなったかもしれない。

(夫婦でも会社でこういうことはしちゃいけません、か。真っ赤になって怒る真冬は初めて見た)

あまりのかわいらしさにまた襲ってしまいそうだったので、冷静になろうとあの場を離れたが、きっと真冬を混乱させてしまったに違いない。

「嫉妬に駆られて会社で手をだそうとするなんて、最低だな」

そう、柊は白川朔也に激しく嫉妬している。自分のいない四年の間、真冬の一番近くにいて信頼を勝ち得た男に。

(白川社長のことを無邪気に話す度、俺が大人げなく妬いていたなんて真冬は思いもしないだろうな)

白川は人当たりがよく柔和な雰囲気を醸し出しているが、有能で抜け目ない男だ。前社長の設備投資の失敗で生じた負債を挽回《ばんかい》し、経営を維持できているのは彼の経営手腕のおかげだ。

(彼ほどの男が、想いを寄せる相手を落としにいかないのは意外だったな。その気になれば、真冬を恋人にも妻にもできていたはずだ)

理由は年の差か、離婚歴か——いや、ただ単に彼女との良好な関係を失うのが怖かったのかもしれない。

本気で愛おしく想う相手を前にすると、大の大人でも身動きが取れなくなることがある。

心情が痛いほど理解できてしまうのは、柊もまた真冬を深く愛しているからだった。


柊が真冬と初めて会ったのは、今から四年ほど前のことだ。

入院中の祖父、八雲茂に大事な話があるから来いと父と共に呼び出され、特別個室を訪れるとそこには先客がいた。

清楚《せいそ》なワンピースを纏《まと》ったいかにもお嬢様といった雰囲気、年は若く二十歳になるかならないか。

父親と思われる男性の後ろに控えている彼女の存在に気づいたとき、柊は祖父にたばかられたと直感した。

『柳沢の孫娘と結婚して跡取りをつくれ』

案の定、その場で祖父に命じられたのは彼女、柳沢真冬と結婚しろということだった。

当時二十九歳の柊は、ヨーロッパでの事業展開のためのドイツ赴任が決まっており、仕事を優先するために恋人も作らなかった。

結婚を考えるのは少なくとも帰国後だと思っていたし、その時は八雲家にメリットがある女性を妻に選ぶつもりだった。

無駄を嫌う性格の柊は各所から舞い込む縁談もすげなく断り、会おうともしなかった。

そんな孫の態度に祖父はしびれを切らし強硬手段に出たのだ。

真冬の亡き祖父と柊の祖父は学生時代の旧友らしいが、正直、柳沢家は八雲家と釣り合いの取れる家柄でも資産家でもない。

柳沢不動産は資金繰りに困っていて、経営者である真冬の父、柳沢敬一郎が祖父に資金提供を直談判したらしい。それだけならまだいいが、娘を孫息子の嫁にしてほしいと申し出るなど図々しいにもほどがあった。

『お祖父さん、いくらなんでもおかしな話では?』

父と共に思い直してもらおうと諭す。しかし祖父は譲らなかった。相当へそを曲げてしまったようだ。

『とにかく結婚しろ。拒否するなら個人名義で所有している株は息子や孫に相続させないように遺言を書くからな』

困ったことになったと思った。

もちろん株の外部流出は大問題だが、実はこの時祖父の病状はかなり進んでいて、医師には持って数か月と言われていた。ここまで言うなら祖父の願いはかなえてやりたいと思う気持ちもあった。

柊は改めて静かに控えている真冬に視線をやった。

綺麗な姿勢で座ったまま、少し困ったような表情を浮かべているがその瞳はなんの意志も感情も持っていないように見える。

親のいいなりの世間知らずなお嬢様。苦労など一切してこなかったのだろう。人形みたいだなと思った。しかし柊は聞いてみたくなった。

『こんな形で無理やり結婚を決められて、あなたはいいんですか？』

『はい、構いません』

小さい声だが、真っすぐに答えが戻ってきた。

（彼女自身も将来の社長夫人になれれば、他はどうでもいいんだろうな）

八雲ケミカルの跡取りの嫁になることだけが彼女にとっては重要で、柊自身にはなんの期待もしていない。

そう理解するとやけに白けた気分になった。今まで自分に群がるそういう女性を山ほど見てきたからだろう。

『わかりました。結婚の話、進めましょう』

どちらにしても祖父の意志は強固だったため、この結婚は受け入れざるを得ないと柊はその場で判断した。

しかし、この結婚は形だけにして、短期間で終える。

柳沢家と長く縁を持ちたくなかったし、真冬を生涯の妻にする気にもなれなかった。第一彼女はまだ若い。離婚しても親がすぐに次の相手を見つけるだろう。

だから後日改めて柳沢家に釘《くぎ》を刺すことにした。

祖父が亡くなった時点で離婚することを受け入れれば援助額に色を付けるが、抗うならあらゆる手をつかって資金援助の話はなかったことにする。

今思えばそんなことを言い出す自分も、娘がいない場でそれを受け入れる真冬の両親もひどいものだ。

当然真冬も両親から離婚の件を聞いたと思っていた。

体裁を保つために、何度か祖父の病室で真冬と顔を合わせたが、彼女の様子は初めて会った時と変わらなかった。

静かに笑うだけで表情からはなんの期待も失望も見えない。

(別に離婚されようと構わないんだな。まあ、どうでもいい。金さえ手に入ればいいと思っているのは両親と一緒なんだろう)

やけに苛立ったのは、この結婚のために余計な時間と金を使わなければいけなくなったからだと柊は思っていた。

しかし、婚姻届を提出し麻布十番のマンションで迎えた最初の夜、思いがけないことがおこる。

『悪いが俺は君と夫婦として過ごすつもりはないし、子どもをつくるつもりもない。時期が来たら離婚してもらう』

離婚届を差し出しながら言うと真冬は少し驚いた顔をしたが、一番ショックを受けていたのは祖父が長くないと説明した時だった。

もしやと思っていたが、両親から事情を一切聞いていなかったらしい。

彼女の両親はいったいどうなっているんだと呆《あき》れながら細かく説明すると、真冬は戸惑いながら言った。

『大学は、やめなくてもいいんでしょうか』

柊がやめろといったらあっさりやめてしまうような口ぶりだった。卒業まであと一年足らずだというのに卒業したいと思わないのだろうか。

『別にどちらでも構わないが、やめる必要もないだろう……そもそも君はどうしたいんだ？』

今まで大人のいいなりに生きてきたことに罪はないかもしれない。

しかし彼女自身の意思が見えないことがどうしてもひっかかり、余計なことを言ってしまった。

『本当に今までずっと親のいいなりになってきたんだな。なにも考えないで生きるのは楽かもしれないが、自分の人生だろう。自分で考えて決めないと後悔する』

『自分の、人生……』

真冬はそうこぼしたきり、しばらく黙ってしまった。

（お嬢様には少しきつい言い方だったか）

泣かれでもしたら面倒だと思いつつ様子を見ていたら真冬は再び口を開いた。

『……わかりました。ただ、離婚の時期はあらかじめ決めませんか。お祖父さまにちゃんとお話しして離婚を納得してもらいます』

はっきりと言い切った彼女の表情を見て柊は驚いた。

これまでどこか虚ろだった瞳に急に生気が宿ったように見えたのだ。

その後、これまでのことが嘘《うそ》のように真冬は熱心に話し出す。しかも頭の回転も速かった。

『お祖父さまは八雲さんに〝結婚して跡取りをつくれ〟と仰っていましたよね。跡取りができないとなれば離婚に納得してもらえるのではないでしょうか。ただ、この理由を使う場合、今すぐに離婚するのは不自然なので、ある程度期間を置いた方がいいと思います。来年の春あたりまで……というのはどうでしょうか』

そこまで冷血ではないつもりだが、どうやら真冬は柊が離婚のために祖父の死を待つつもりだと思っているようだ。

(彼女は自分にとって辛い内容の嘘をついてもいいということか)

『少しでもお祖父さまが元気になる可能性があるなら信じたいんです』

柊はその希望に満ちた表情に目を奪われ、柳沢真冬という女性の本質を初めて垣間見た。

結局柊は真冬の提案を受け入れ、好きにすればいいと言った。

祖父は春まで持たないだろうとは、わざわざ伝える気にはならなかった。

真冬が柳沢家の令嬢で、金目的であることは変わらない。思ったより意志がある女性だと認識を変えただけだ。離婚前提の結婚生活であることは変わらないのだから、余計な情はない方がいい。

こうして、ふたりの〝新婚生活〟が始まる。

当初の予定通り、柊は元々住んでいた自宅マンションから会社に通っていたが、祖父への体面もあり、週に数回は形式上の新居である麻布十番のマンションに行くようにしていた。

柊が訪れると真冬は『お帰りなさいませ』と丁寧に出迎えた。

いつも部屋は完璧に片付いていたし、栄養バランスの取れたおいしい夕食も準備された。

しかし真冬は一緒に食べようとせず給仕に専念し、用が済むと自室に引っ込んでしまう。

ハウスキーパーを入れなくてもいいと言われた理由がわかった。真冬は自らを家政婦だと思うことにしたのだろう。

事務的な会話はするが、親しく言葉を交わすことはない。別に最初からそのつもりだからなんら問題はない。

しかし日がたつにつれ、柊は真冬の言動に戸惑うようになる。

彼女に渡したカードや銀行口座には相応の額を準備し自由に使えるようにしていたが、ほぼ生活費にしか使われていなかった。

(彼女はまだ大学生だろう？　離婚して実家に戻るまでは羽を伸ばして遊び回ると思っていたが、なにをそんなに遠慮しているんだ)

ある日の日中、仕事の合間を見計らって祖父の見舞いに行った時のことだ。

少し開いていた病室のドアから何気なく中をのぞいた柊は目を見張った。そこには真冬が椅子に座って祖父に笑いかけていたのだ。とても柔らかく愛らしい表情で。

（あんな顔、初めて見る……考えてみたら彼女はまだ二十二歳だよな）

普段彼女が自分に見せるのは、大人びた硬い笑顔だ。あんなかわいらしい笑顔を向けられたことは一度もない。

『——お祖父さん、今日も顔色が良さそうですね』

『あ、柊、さん』

ドアに手を掛け柊が病室に入ると、真冬の表情はサッと作り笑顔に変わる。

（やっぱり、俺は嫌われてるんだな。無理もないが）

それとなく彼女の左手の薬指に視線をやると祖父の前でだけつけることにしている自分とペアの結婚指輪が嵌っていた。その真新しい輝きがやけに虚しく映る。

『では、私これからゼミがあるのでそろそろお暇します。柊さんはゆっくりなさってください』

『ああ』

『お祖父さま、また来ますね』

『別に柊と話をしてもつまらん。柊、お前は真冬さんを送っていけ』

『い、いえお祖父さま、柊さんもせっかく来られたんですから……では失礼します』

慌てつつも綺麗なお辞儀をして真冬は病室を後にした。祖父の前で自分と仲のいい夫婦を演じるのが嫌なのだろう。そもそも嘘をつくのも苦手なタイプのようだし。

『せっかく、真冬さんと話していたのに』

茂はベッドに横たわりながらふてくされている。まるで邪魔をされたような言い方だ。

『彼女は頻繁にここに来ているんだからいいでしょう』

柊はさっきまで真冬が座っていた椅子に腰かけ溜息《ためいき》をついた。

『……いつも彼女とどんな話をしてるんですか』

思わず口をついて出た柊の言葉に祖父は呆れ顔になる。

『お前たちは夫婦なのにそんな話もせんのか。お前のことだから亭主関白で優しい言葉もかけないいんだろうな。新婚早々愛想つかされてもしらんぞ』

『そういう憎まれ口を叩《たた》くお祖父さんと、若い女性の話が盛り上がるわけがないと不思議なんです』

軽く眉間に皺《しわ》が寄った孫を見て茂はフンと口をすぼめた。

『真冬さんはお前と違って素直で愛らしいからな……そうだな、彼女のじいさんの昔話をしてやると喜ぶ。ずいぶん慕っていたようだからな』

祖父の言葉に先ほど見た屈託のない笑顔を思い出す。

(彼女は祖父さんを自分の祖父と重ねているのかもしれないな)

『あと、普通においしかった食べ物の話もするぞ。真冬さんは魚介類が好物だと言っていたな』

『そうですか』

彼女の好物なんて聞いたことはない。共に食卓を囲んだこともないし世間話をすることもないからだ。

〝夫〟の自分より、祖父の方がよっぽど彼女と個人的な話をしているなと心の中で苦笑する。

しかし、真冬が祖父を見舞うようになってから祖父の顔色もいいし、容態も安定している。

少しでもこの状態が長く続いてくれるように、柊は祈るのだった。

それから数日後、柊はさらに困惑することになった。

出張のため品川駅の近くを車で走行していると、上下黒のリクルートスーツに身を包み駅へ向かって歩く真冬の姿を見かけたのだ。

(どういうことだ、彼女は就職するつもりなのか?)

大学四年だから、就職活動をしていてもおかしくない。

だが、自分との離婚後は彼女の両親が別の縁談を準備するはずだし、働くにしても柳沢不動産で父親の手伝いをすればいい。

柳沢家の令嬢である真冬が就職活動をする理由がわからない。しかも長い黒髪を後ろにきっちり結んだその横顔はかなり疲弊して見えた。

とうとう我慢できなくなった柊は、信用できる筋を使い彼女の生い立ちと現状を詳しく洗うことにした。

すると、彼女が現当主柳沢敬一郎の婚外子であることがわかった。

それだけならよくある話なので驚かなかったが、彼女は実家でかなり精神的に虐げられた育てられ方をしたという。

五歳の時に実母と死別。引き取られた柳沢家では、義母や祖母に辛く当たられ、父親は我関せず。跡取りとなる弟ばかりかわいがられ、彼女自身は家の道具のような扱いを受けてきたようだ。

唯一愛情をかけてくれた祖父は彼女が中学生の時に他界してしまっており、その後も義母によって窮屈な生活を強いられていたようだ。

親の言いなりに育った世間知らずのお嬢様。苦労など一切してこなかったのだろうと思っていたが、むしろ言いなりにならないと精神的に生きていけない環境だったのではないか。

柊との結婚も自分の意志で断れるものではなかった。いや、断る発想すら大人たちによって奪われてしまっていたのだろう。

（そんな彼女に俺は心ない言葉を投げ、冷たく接してきたのか——彼女の両親のように）

これまで、柊のことを八雲ケミカルの跡取りとしか見ていないと真冬を侮蔑していた。その自分こそ、真冬を所詮柳沢の令嬢だと決めつけ、彼女自身を見ようとしていなかったのだ。

自らの言動に反省はあっても、後悔はしたことがなかった柊は初めて悔恨という感情にさいなまれた。

しかし、今更『君の生い立ちを調べた。ひどいことを言って悪かった』と謝ることもできない。どちらにしても離婚は決まっているのだ。それならもうこのままで、彼女に冷たい男だと嫌われたままでいい。

報告書には真冬は七月、すなわち柊と結婚してからすぐに就職活動を始めており、対象としているのは実家とは無縁の業種。調査時点ではまだ内定には至っていないと記載されている。

(彼女は離婚を機に実家から離れて独り立ちしようとしているのか。俺との離婚が彼女の将来の希望に繋《つな》がるとはなんとも皮肉だな)

妻の思いを初めて理解し、柊は自嘲した。

真冬との結婚生活が二か月を過ぎる頃には、柊はほぼ毎日麻布十番のマンションに帰るようになっていた。

真冬がどうしているか気になってしまうその理由を、柊は真冬に対する罪悪感からだと思っていた。

最近よく帰ってくるなと思われていただろうが、家政婦に徹している真冬は嫌な顔ひとつせず、いつもどおりの作り笑顔で柊を迎え入れるのだった。

九月に入ってすぐのことだった。夜、仕事が終わった柊が帰宅しても『お帰りなさいませ』と迎える姿がない。

まだ帰ってないのかとリビングに向かうと、リクルートスーツ姿のままソファーに突っ伏して寝ている真冬の姿が目に入った。

（そういえば最近顔色が優れない気がしたな……疲れているのか）

近寄ると、テーブルの上にはスマートフォン、傍らには手帳が開かれたままになっていた。電子でなく紙の手帳で予定を管理したいタイプらしい。

予定表のところには企業名と時間がびっしりと書かれ、その上からたくさんの斜線が引かれている。それは不採用を意味しているのだろう。

（まだどこからも内定が出ないのか。こんなところで寝落ちするくらい疲れているのに、祖父さんへの見舞いも頻繁に行って、家のことも完璧にこなしていたのか）

疲れの浮かぶ寝顔に心が締めつけられる。

就職先なんて俺ならどうとでもしてやれるのにと思うが、きっと真冬は自分に頼ろうという発想自体ない。それに離婚後は八雲とは一切かかわりを持ちたくないはずだ。

一瞬迷った後、柊は真冬を起こさないように抱き上げ、彼女の部屋へ運ぶ。初めて触れた身体は驚くほど軽く華奢《きゃしゃ》だった。

ベッドにそっと下ろすと、真冬が身じろぎしながらむにゃむにゃと口を開いた。

『う……ん、ありがとう……おじいちゃん』

かわいらしい寝言に柊は一瞬驚いた後、プッと噴き出した。

『まさか君のじいさんと間違われるとはな』

クックと声を殺して笑っているとゆっくりと目を開いた真冬が不思議そうな顔でこちらを見た。

起こしてしまったとギクリとする。

しかし寝ぼけているだけだったのか、ふにゃりと笑うとまた目を閉じ、本格的に寝入ってしまった。

リビングにいた時より安らかな寝顔になった真冬を見て柊はホッと胸をなでおろした。

(次目覚めた時、なぜここで寝ているのか不思議に感じるだろうが、きっと寝ぼけて自分で戻ってきたと思うんだろうな)

でももし「俺が君をお姫様抱っこで運んだんだよ」と言ったら真冬はどんな反応をするだろう。普段あまり感情を露わにしない彼女の慌てる様子が見られるのだろうか。

きっとかわいいだろう。見てみたいと妄想めいた考えが浮かび柊は苦笑した。

もう、認めざるを得ない。

自分は離婚前提で仮面夫婦になった七歳年下の妻を愛してしまったと。

今思えば、祖父の病室で初めて会った時から、真冬に惹《ひ》かれていたのかもしれない。だから彼女が人形のように意志を持たず、自分を八雲の御曹司としてしか見ようとしないと苛立ったのだ。

(へそを曲げて、七歳も年下の女性に冷たい態度を取るなんて俺はガキか)

これまでは女性の方から言い寄られることしかなく、自ら誰かを好きになった経験がなかったので感情を持て余したのだ。言い訳にすぎないが。

離婚を言い渡したあの夜、真冬の瞳にキラキラとしたものを見つけてからは、さらに彼女が気になるようになっていた。

毎日を真面目に丁寧に過ごしている姿、真っすぐに伸びた背筋、祖父に向けた年相応の柔らかい笑顔、〝夫〟用の硬い笑顔でさえ愛おしいと思うようになっていた。

ただ、つまらないプライドが邪魔して今の今まで認めようとしなかった。

（もし、最初から君自身に向き合う努力をしていたら、こんなに愛らしい様子を普段から見せてくれたのかもしれない。そして俺も君に対して自然に笑いかけることができていたんだろうな）

心からの笑顔を自分に向けてもらいたい。辛い思いをさせたくない。できることならすべての憂いから彼女を守りたい。

一度己の気持ちに素直になると、真冬への想いが次々とあふれてくる。

柊は眠る真冬の美しい黒髪に手を伸ばしかけ、やめた――自分に触れる資格はない。

初めて自分の人生を歩き始めようとしている真冬にとって、今更この想いを伝えたところで迷惑でしかないだろう。

（そもそも俺は嫌われている。俺がしてやれるのは予定通り離婚して彼女を自由にすることだ）

自分の想いは心の奥に沈め、冷たい夫のまま真冬と別れる。

そう心に言い聞かせながら、柊は記憶に刻むように真冬の寝顔を眺めた。

『今日は真冬さん、やけに嬉しそうな様子だったぞ。なにかいいことがあったのか？』

九月下旬、柊は入院中の祖父、茂の元を訪れていた。少し前に真冬は帰ったところだったらしい。

『どうでしょうね。思い当たりませんが』

ベッドから上半身を起こす茂を介助しながら柊はうそぶいた。

思い当たることはある。昨日の真冬は明らかに安堵《あんど》した雰囲気だった。きっと内定が出たのだろう。

『お口に合うといいですが』と普段より明るい様子で夕食に出してくれた海老フライはとてもおいしかった。その後、いつも通り片付けをすますと彼女は部屋に戻ってしまったけれど。

（念のため就職先の調査はしておくか。ブラック企業だったら困るからな）

柊が調査会社への依頼について考えていると、茂は呆れ顔になっていた。

『本当にお前は相変わらず素直じゃないな。本当は真冬さんのことがかわいくてしかたないんだろう？』

『……』

的確な指摘に柊は眉間に皺を寄せ、無言でベッド横の椅子に腰を下ろした。

（その通りですよ。最近では彼女への想いを表に出さないように平静を保つのに苦労してます）

もちろんそうは言えないので、返事の代わりに柊はずっと疑問だったことを口に出した。

『お祖父さん、なぜ俺と彼女を結婚させようと思ったんですか？』

するると茂は意外そうな顔をする。

『今更そんなことを聞かれるとは思わなかったな』

『俺がいつまでも結婚しないことにしびれを切らした。柳沢家の申し入れはタイミングがよかっただけ——理由はそれだけじゃない気がしましてね』

柊の言葉に茂はふむ、と頷《うなず》いてゆっくりと口を開いた。

『真冬さんは覚えていなかったが、私が初めて彼女と会ったのは柳沢の葬儀でな』

学生時代の友人である茂と真冬の祖父の柳沢鉄太郎はお互い経営者として忙しい中、年に一度はふたりで飲む仲だった。会うと必ず鉄太郎はかわいい孫娘の話をしていたという。

親族席の後ろの方でひとりぽつんと座っている制服姿の少女。きっとその孫娘だと思い故人の旧友だと声をかけた。

『ハッとしたように慌てて立ち上がって、「祖父のためにありがとうございます。祖父もきっとお友達に来ていただいて喜んでいると思います」と綺麗なお辞儀をしたんだよ。やけにしっかりしたお嬢さんだと思った』

『想像がつきます』

当時中学生だった真冬は悲しみを堪えながら柳沢家の娘として気丈に振舞ったのだろう。

『それと同時に真冬さんの顔を見て、優しくて情が深い子だと思った。あの場にいた誰よりも柳沢の死を悲しんでいるような気がしたんだよ。社会的な地位とは関係ないところで純粋に死を悼んでくれる存在がいて、あいつは幸せだったと。だから柳沢の息子から縁談を持ちかけられた時、あのお嬢さんならいいと思った』

一気に話した茂は疲れたのか、ふぅと言葉を切ってから改めて口を開く。

『思った通り優しい子に育っていたな。感情を抑えることに長けてしまったのはあの両親の影響かもしれんが』

『――知ってたんですか』

柊が目を見張ると、茂は先ほどのお返しとばかり『どうだろうな』とうそぶいた。

（この人のことだ。ある程度の事情は摑《つか》んだ上で、真冬をあの家から離すいい機会だと考えたのかもしれない）

『それであんな強引に話を進めようとしたんですね。病人だというのにとんだ狸《たぬき》じいさんだ』

『なにを言う。仕事ばっかりで頭の固いお前には、真冬さんのようにしっかりして優しい女性が合っていると思った。結果的に良かったではないか』

『あなたに言われるのは心外ですがね』

八雲ケミカルを国内有数の企業にまで成長させた祖父は、仕事一筋でこうと決めたことは曲げない頑固な性格だった。

『いいか柊、お前は真冬さんを生涯かけて守るんだぞ』

ゆっくり言い聞かせるような祖父の口調は、柊が幼い頃に聞いたものと同じように響いた。

『……守る、ですか』

『あたりまえだろう、お前は夫なんだぞ。わかったな』

真冬は自分に守られることなんて望んでいないし、夫といっても形だけでいずれ離婚する。

だがこれも病床の祖父に言うことではない。

『……わかりました。だったらお祖父さん、少しでも長生きして僕らを見守ってください。妻は、ずいぶんあなたを慕っているようですから』

『そうだな、ひ孫も楽しみだ。きっとお前たちはいい夫婦になる。……ああ、実はな、後から気がついたんだが』

茂はやけに勿体《もったい》付けた間を作った後、目元の皺を深くした。

『柊と真冬、ふたりとも名前に〝冬〟が入っている。お似合いだと思わんか？』

その時の祖父の笑顔は今でも忘れられない。あんな無邪気な顔で冗談を言う人だとは思わなかったから。

（つい過去に想いを馳《は》せてしまっていた）

＊＊＊

柊は腕時計に視線をやる。真冬を連れ込んだ会議室を出て執務室に戻ってからまだ三十分足らずだった。

今日この後会議や打ち合わせの予定は入っていないが、確認しなければいけない資料や決裁案件も溜《た》まっている。

（まずは仕事を片付けなければ。さっきのことは帰宅してから真冬に謝ろう）

柊がノートパソコンのロックを解除していると、執務室のドアがノックされた。

「失礼します」

こちらが応える前にドアが開く。勢いよく入ってきたのは悠里だった。片手にはコーヒーカップののった小さなトレーを携えている。よく零さないものだ。

「山本主任、どうかしたのか」

正面に立った悠里は執務テーブルにコーヒーを置くと柊を軽く睨《にら》みつけた。

「専務にコーヒーをお持ちしました……のは建前で、柊、あんた真冬ちゃんになにしたの？」

色眼鏡で見られたくないと会社では徹底して自分を〝専務〟と呼ぶ従姉に久々に名前で呼ばれた気がする。

「……彼女がなにか言ったのか」

「言ってないわよ。でも明らかに様子がおかしかったから落ち着かせてからフロアに戻したわ。今はあんたに依頼された資料整理してる。で、心当たりは？」

柊はコーヒーを一口飲んで言った。

「世話をかけて悪かったな。君は気にしないでいい」

真冬をＳＫテキスタイルから受け入れることになった時、悠里には昔の知り合いだからなにを置いてもフォローするように頼んでいた。

亡くなった実母の弟の娘である悠里は自分より数か月年上だ。幼い頃よく遊んだ仲で、お互いの性格も把握している。彼女は懐に入れた相手に対してはとことん世話をやきたがる。

当初は柊の依頼を面倒がっていた悠里だが、すぐに真冬を気に入り妹のようにかわいがるようになった。真冬もずいぶん懐いているようだ。

悠里は自分たちを元恋人くらいには思っているだろう。しかし元夫婦かつ今も夫婦だとは思うまい。

柊の的を射ない返事に悠里は顔をしかめた。

「やっぱりへし折るか」

「なにをだ」

「真冬ちゃんに理不尽なことしたら許さないってことよ」

悠里は凄んだ顔で低い声を出した。

「理不尽……か」

真冬の立場にしたらそうかもしれない。

会議室で無理やりキスしたことだけではない。今日にいたることはすべて柊の思惑で進めてきたのだから。


祖父が亡くなった後、真冬は初夜に渡した離婚届に日付を入れ提出した。そして『お世話になりました』とそれは丁寧なお辞儀を残しマンションを出て行き、三か月ほどの結婚生活は終わった。あっけないものだった。

真冬と離婚して数か月後の春先、柊は予定通りドイツに赴任した。現地で仕事に邁進《まいしん》し、事業展開は問題もなく順調に進んでいく。

一方柊は彼女の情報を調査会社から入手し続けていた。祖父の〝真冬さんを守れ〟という言葉を都合よく解釈することにしたのだ。

就職先ではうまくやっているだろうか、アルバイトもしたことがなかったからいろいろ戸惑っているのではないか。実家に戻されていないだろうかと気になって仕方なかった。

有り体に言うと、がっつり元妻に未練を残していたのだ。

日本から定期的に入る報告によると、株式会社ＳＫテキスタイルの総務に所属した真冬は、真面目に業務に取り組み仕事ぶりも評価されているようだ。実家には帰らず独り暮らし。恋人の存在はない。

（他人になった元夫に身辺を洗われているなんて知ったら、彼女は引くだろうな）

引くどころじゃなく恐怖だろう。そう思いつつも柊は異国の地で次の報告を心待ちにしてしまうのだった。

そうしてドイツでの生活が三年を過ぎた頃、真冬に再会するきっかけを作ったのは帰国が半年後に迫った時、素材開発室に所属する同期、池端からのビデオ通話だった。

『いい素材作れちゃったっぽいんだけど、うまくやれば売れたりしないかなぁ？』

優秀な研究者である池端が開発に成功した工業用繊維は、その難燃性や特殊な硬度変化により、食品加工の現場などに有効利用できる可能性があった。

しかし、繊維自体クリーンかつ特殊環境で作らなければならず、それなりの設備も必要だ。

自社工場に環境を構築することも可能だが、技術的な難易度が高い上、最初から大量生産するようなものではない。元々繊維加工技術に長けた企業に委託した方がスピーディーに進められる。

だったら真冬の勤め先はどうだろうとＳＫテキスタイルの事業内容を詳しく調査することにした。

すると、元々の繊維加工の技術もあるし、小回りが利く。既存の工場の中に、小ロットのパイロットプラントを建設することも可能と思われ、条件と合致していた。

柊は経営側の人間としてあくまで冷静かつ客観的に判断したつもりだ。だが、帰国後真っ先にプロジェクトを立ち上げ自ら先頭に立ったのは、真冬と再会できる期待も大きかった。

この時柊は真冬を自分の元に出向させる気も、よもや再婚を迫るつもりもなかった。むしろ最後に真冬が元気でいることをこの目で確認したら、長々と拗《こじ》らせてきた想いに区切りをつけ終わらせようとさえ思っていたのだ。

実家から縁談の話が山のように来ていたし、八雲家のために再婚を前向きに検討しなければと。

だが、そんな考えは実際真冬と会った瞬間にいとも簡単に吹き飛ばされた。

社長と商談をする名目で自ら足を運んだSKテキスタイルの応接室。コーヒーを運んできた真冬の姿を見て、柊は心の中で息をのんだ。

記憶の中と変わらない艶やかな黒髪、透けるような白い肌、すっと伸びた背筋。

その表情も佇《たたず》まいも前にも増して凛《りん》としていて美しく、思わず目を奪われた。

自らの足で立って生きている自信が彼女を輝かせている。そう感じた柊は、衝動的な想いに囚われた。

――欲しい。俺のものにしたい。

真冬を前にしたら想いに区切りをつけるどころか、逆に火がついてしまった。

結局彼女が元気でいればいいなどという綺麗ごとで断ち切れる程度の想いではなかった

のだ。それならもう自分のものにするしかないだろう。

開き直った柊は自分の名刺を受け取る真冬の白く細い指先を見ながら、どうすれば彼女を手に入れられるかを考え始めていた。

（まずはこの社長《おとこ》から引き離す必要があるな）

白川の存在が自分にとって危険だと直感した柊は、まずは真冬を自分の元に出向させる話を持ち出した。

期間はプロジェクトが終わるまでにしたが、その後はもっともらしい理由を付けて再契約すればいい。

さらに柊は真冬を囲い込みに動く。

四年ぶりに再会した途端、嫌っていた元夫に言い寄られたら真冬は困惑するだけだ。ずっと君が忘れられなかったなどと言ったら気味悪がられる。

正攻法では真冬を手に入れることは不可能だと判断した柊が考えたのは、便宜上の再婚だ。

両親、特に父の後妻である母が自分に口出しがすぎることは事実だったので、少々脚色して利用した。

仮初の再婚、ほとぼりが冷めた頃に離婚、とハードルを下げつつＳＫテキスタイルへの利益をちらつかせ最後は情に訴える。

どんな難しい取引相手に対するより細心の注意と抜かりなさを持って交渉した結果、真冬はこの再婚話を受け入れてくれた。

我ながら悪知恵が働いたものだ。しかし、強引に作ったこのチャンスを逃すつもりはない。つつがなく婚姻届を提出し、再び真冬は柊の妻となり、新婚生活を始めることになった。

新居は手放す気になれずに所有し続けていた麻布十番のマンション。帰国後はひとりで住んでいたので彼女を迎え入れるだけで済んだ。

今回の新婚生活で柊は最初の結婚でできなかったことを全部すると決めていた。

だから、寝室を別にするつもりなど毛頭なかった。

『婚姻届を出したふたりが初めて共にする最初の夜だ。俺は君と夫婦として過ごしたい』

二度目の初夜、柊はそう言うと当然のような顔をして真冬の肌に手を伸ばした。

素直な真冬は戸惑いながらも自分に身体を預けてくれた。

『最低な男に執着されてしまったな。すまない、でも真冬、俺は二度と君を離さない』

行為の後、気を失うように眠りに落ちてしまったかわいらしい顔に詫《わ》びつつも、柊は真冬の初めてを手に入れたという卑怯《ひきょう》な充足感でいっぱいになった。

新婚生活は穏やかで幸せだ。

前回の結婚の時のように冷たくする必要はない。思うままに妻に優しく接し労わることができる。

同じテーブルで食事をとりおいしいと笑い合う。同じベッドで寄り添いながら眠り、時には身体を重ねる。

そんな日々の中、真冬は柊に気を許した柔らかい笑顔を向けてくれるようになった。

（きっと真冬も俺に心を開いてくれているはずだ。できるだけ早く想いを伝えて受け入れてもらいたいが、少々厄介なこともあるから慎重に進めないと）

「……それはそうと、真冬ちゃんにこのままウチで働いてもらうことはできないの？」

碌《ろく》な返事もせず、ただコーヒーを口に運んでいた柊にこれ以上言っても無駄だと思ったのか悠里は話題を変えてきた。

「……それは考えていない」

しばしの沈黙の後、柊は答えた。

「そうなの？　柊のことだから、ずるい理由を付けて手元に置きそうだと思ってたけど」

本当はそうしたいし、当初はそのつもりでいた。ＳＫテキスタイルに真冬を戻さず手元に置くことはやろうと思えば簡単だから。

しかし、真冬が真摯にプロジェクトを成功させようとしている姿を見て気が変わった。

真冬が努力しているのは彼女を育ててくれたＳＫテキスタイルのためだ。悔しいがそれが真実だ。

「プロジェクトが終わったら約束通りＳＫテキスタイルに戻す。それがここまで頑張ってくれた彼女への礼儀だろう」

（正直あの社長の元に返すのは心配だし……かなり、ものすごく、本当に嫌だが）

すると悠里は呆れた声を出した。

「いいこと言ってるつもりかもしれないけど、顔が鬼のよーに険しいわよ。素直になればいいのに。あー残念、真冬ちゃんと会社で会えなくなるの寂しいわ。私の癒しがなくなる～」

まるで自分の本心を言っているような悠里の嘆きに柊は苦笑した。

（亡くなった祖父さんといい、白川社長も悠里も、まったく俺の妻は年長者に好かれるな）

「随分気に入ったんだな——真冬のこと」

初めて柊の口から〝真冬〟と名前が出たことが意外だったのか、悠里は一瞬目を丸くしてからふっと笑った。

「真冬ちゃんてしっかりしてるけど、頑張っていないといけない、なにかの役に立たなきゃいけないっていつも張り詰めている気がするの。だからかな、甘やかしたくなっちゃうのよね」

「ああ……そうだな」

さすが秘書室主任をこなすだけある。悠里は人をよく見ている。

（柳沢家で刷り込まれた〝役に立たないと人として価値がない〟という観念に、真冬は無意識に怯《おび》えているのかもしれないな）

そうでないことを伝えたい。自分に無条件に愛され、甘やかされてただ穏やかに幸せに笑ってほしい。

「悠里、安心しろ。真冬は俺が甘やかすし守るつもりだ」

はっきり告げた柊の顔を見て悠里は両方の口の端をゆっくり上げた。

「だったらいいわ。なんだかいろいろ事情がありそうだなぁとは思ってるけど、バシッとくっついて、真冬ちゃんと恋バナさせてよね」

6. 再会と離れる決意

「はぁ……」

ほぼ定時で業務を終えた真冬は、帰宅するために秘書室を出てエレベーターに乗っていた。無意識に溜息《ためいき》が出ていたことにハッとしたが、幸い中にいるのは自分だけだった。

（……だめだ、昨日から余計なことばかり考えちゃう）

下降する箱の中で真冬は悶々《もんもん》と思考を巡らせる。

『真冬、今日は会社であんなことをしてすまなかった』

昨日、柊は帰宅するなり会議室でのことを謝ってくれた。

『い、いえいえあのその、私はまったく気にしていないので柊さんも金輪際お気になさらずに、あっ！　ちょうどお風呂沸いたので入ってきてくださいね』

柊はまだなにか言いたそうな顔をしていたが、もうこの話は終わりとばかりぶった切った。

（金輪際ってなによ。我ながら言ってることがおかしい。逆に気にしてるってバレバレでしょうが……でも蒸し返すのも恥ずかしかったし）

あれをきっかけに、柊が好きだと思い知らされた事実も輪をかけて恥ずかしい。

（……私が好きですって言っても、柊さんは困るだけだよね）

真冬は想いを自覚した昨日からずっと考えている。

仮初の妻の自分に告白されても柊は困惑するだろうし、この後の生活が気まずいものになるかもしれない。本当なら言うべきでない。

でも、彼が向けてくれる優しさや、垣間見える熱いまなざしに少しは自分に仮初以上の気持ちがあるのでは、と期待したくなる。でもすぐにいやそんなことはないと否定するという無限ループに陥っているのだ。

真冬にとって正真正銘の初恋。その相手が再婚した夫、しかも離婚前提の関係であるというカオスな状況に頭を抱えたくなる。

しかも今週末は柊とふたりで温泉旅行だ。

（柊さんと行く旅行……楽しみだけど、挙動不審にならないようにしなきゃ）

悶《もだ》える真冬を乗せたエレベーターは一階に着いた。

オフィスゲートを抜けてビルのエントランスに向かっているとバッグの中に入れていたスマートフォンが震えた。バッグから取り出した真冬は画面の〝柳沢咲江〟という表示にヒュッと喉を詰まらせた。

一昨日久しぶりに連絡を取ってきたかと思ったら、実家に顔を出せと命じてきた義母。

あのときはなんとか切り抜けたものの、義母のことだからまた掛かってくるだろうと予想していた。

やっぱりとは思うものの、ただでさえ精神が落ち着かない状況で電話に出たくない気持ちが先行する。

どうしようと思っているうちにスマートフォンは振動をやめた。強張っていた身体から力が抜けていく。

(私が実家に顔を出して向こうの気が済むのならいいけど、それだけで終わる気がしないのよね……できれば少しでも先延ばしにしたいけど、こうやって電話されるのもキツイな)

スマートフォンをバッグに戻し、真冬は重い足取りで再び歩き出す。

すると、ロビーの端にブレザー姿の長身の男子が所在なく立っているのが目に入った。

オフィスビルに制服の学生がいることが珍しく、なんとなく顔を見た真冬は驚きに声をあげた。

「浩太郎⁉」

「え、姉さん?」

慌てて駆け寄った真冬を見て目を見開いたのは、真冬の腹違いの弟、柳沢浩太郎だった。

「浩太郎、どうしたのこんなところで」

「それは、俺のセリフだよ。ここでまさか姉さんに会うなんて」

最後に会ったのは彼が中学二年の時だ。自分とそんなに背も変わらなかったのに、高校三年になった今では見下ろされるくらいになっている。

「このビルになにか用事があるの？」

「ええと……ここに会いたい人がいたんだ。約束はしていなかったから、受付で断られちゃったんだけど……」

「……そう、それだったら少しお話ししない？　久しぶりに会えたんだし」

困った様子で歯切れの悪い弟が気になった真冬は彼を伴ってエントランスから出ると、そこから数分の商業ビルのカフェに入った。

「ずいぶん大きくなったわね。姉さん一瞬誰だかわからなかったわ」

「そっか」

「お父さんとお義母さんは元気にしてる？」

「……うん」

つい先ほど義母から電話が掛かってきたことには触れずに尋ねるが、浩太郎は目の前のアイスコーヒーを見つめたままだ。

ここまで半ば強引に連れてきてしまったが、考えてみたら弟は義母の影響もあり自分のことをよく思っていない。顔を合わせたくも話したくもなかったかもしれない。

「ごめんね浩太郎。姉さんつい懐かしくて。無理やり連れてこられて嫌だったわよね」

「違うんだ、姉さん」

するとと浩太郎はガバリと顔を上げた。父に似た優しげな顔立ちが、思いつめたように歪《ゆが》んでいる。

「……なにか困ったことがあったの？」

真冬が問いかけると浩太郎は迷う様子を見せつつ口を開いた。

「実は俺……八雲さんに会いたくてあのビルに行ったんだ」

「え、八雲さんって」

「姉さんが前に結婚してた八雲柊さんだよ。会ってお願いしたかったんだ……姉さんを助けてくれって」

「私を、助ける？」

思いがけない話に真冬は目を瞬かせた。

「本当は、姉さんに話すつもりはなかったんだ。でも、こうして会ったらやっぱり本人が知らないのはよくないって思いなおした」

浩太郎が意を決したように発した言葉はさらに真冬を唖然《あぜん》とさせた。

「……ごめん、姉さん。母さんが姉さんに縁談話を準備してる」

「どういう、こと？」

「少し前に父さんと母さんが話しているのを偶然聞いてしまったんだ。母さんは姉さんをまた資産家の家に嫁がせようとしてる」

「そんな……」

突然連絡をよこして家に来るように言ったのは、縁談の話をするためだったのだ。義母の意図がわかり真冬はゾッとする。

「でも、なんで今になって？　これまで一切連絡なんてなかったのに」

「それは、八雲さんが止めてくれてたからなんだ」

「……え」

「母さんを問い詰めて聞いたんだ。姉さんたちの結婚の事情を全部。八雲さんは姉さんとの離婚の寸前、一度で終わるはずだった柳沢家への資金援助を継続することを申し出てくれたそうだよ。姉さんが望まない限り連絡を取らないこと、実家に戻すことも、生活に口を出すこともしないという条件で」

　あまりの驚きで声が出なかった。

　浩太郎の話が本当だとすると、四年前、実家があっさり真冬の自立を認め、その後一切連絡を取ってこなかったのは柊が実家と取引をしたからということになる。

　父と義母は自分のことを見限ったと見せかけて裏で利用していたというのか。

（でも、わざわざ柊さんがそうする理由がわからない。私が実家に戻るつもりがないなんてあの時は話していなかったもの）

　絶句している姉を前に、浩太郎は苦しげに続けた。

「だから姉さんが離婚した後も会社は八雲ケミカルから資金援助を受け続けていた。その額はこちらのいいなりにどんどん上がっていったらしい」

「嘘《うそ》でしょ……そんなの、許されることじゃないわ」

　真冬の零した声に浩太郎も頷《うなず》く。

「俺もそう思う。それなのに、母さんは最近もっといい〝取引先〟を見つけて来て、姉さんをそっちに嫁がせようとしているんだ。あの人、姉さんが自分の言うことはなんでも聞くと思ってるから」

浩太郎の説明では、相手は大手不動産会社の会長。年齢は父よりだいぶ上で今までに三回結婚離婚を繰り返しているそうだ。先方も若い妻を望んでおり、真冬が後妻に入ることにより柳沢不動産は事業連携の恩恵を受けることができるという。

一ミリも真冬のことを考えて選んだ嫁ぎ先ではないのは明らかだ。

「父さんも母さんも、俺がどんなにやめてくれって言っても取り合ってくれない」

うなだれる浩太郎を見て、真冬はつい疑問を口にしてしまう。

「浩太郎……あなた私のこと疎ましく思っていたんじゃないの？」

浩太郎は力なく顔を上げて辛そうな声を出した。

「そうだよな。そう思われてて当然だ。ごめん、俺、小さい頃から優しかった姉さんのこと嫌ってなんていない。でも、母さんに姉さんと仲良くするなって言われていたし、俺自身も親の言いなりの姉さんにイライラして、なるべくそばに寄らないように、目に入らないようにしてた。でも今は理解できる。姉さんの立場じゃそうするしかなかったんだよね……姉さんにはなんの責任もないのに」

「浩太郎……」

彼は早い段階から義母に真冬が愛人の子だということを聞かされてきた結果、姉と距離を取らざるを得なくなってしまったのかもしれない。

「姉さんを守れなかったこと後悔してる。せめてもう家のために犠牲になってほしくないんだ。だから俺、八雲さんに会って、全部打ち明けて止めてもらおうと思った。恥ずかしいけど八雲さんしか頼れる人がいなくて。高校生がアポなしで会いに行ったって、取り次いでさえもらえなかったけど」

浩太郎は再びうなだれた。自分のために行動を起こしてくれた弟の気持ちが嬉《うれ》しくて真冬の胸は温かくなる。

「ありがとう浩太郎。大丈夫よ、私あの家に戻るのも言いなりにお嫁に行くのも嫌。お義母さんやお父さんになに言われても、断れるくらい強くなっているわ」

弟に心配をかけたくなくて、なるべく明るい声を出すと浩太郎は少し驚いた顔をした。

「姉さん、ずいぶん変わったんだね。しっかりした、なんて俺が言えたことじゃないけど」

そんなことないわ、と真冬は首を横に振った。

「でも、私がその縁談を断ったら、いつかあなたが困ることになるかもしれないわよ。いいの？」

事業連携の話がなくなったら将来彼が継ぐはずの会社や家にとって不利益だ。

「いいんだ。俺、そもそも跡を継ぎたいわけじゃないんだ。父さんと一緒で経営のセンスもないし」

浩太郎は苦笑した。聞くと浩太郎の興味と才能は理系、とりわけ化学分野にしかなく、将来は研究者になりたいという。来春に控えた大学受験では理工学部の最高峰を目指して猛勉強中らしい。そういえば彼の着ている制服は都内でも偏差値が高いことで有名な私立高校のものだった。

「それもあって母さんは焦ってるのかもね。でも、適性のない人間が経営をしても会社にとって不幸でしかない。今の時代、別に直系が継がなくてもいいわけだし、会社を大きくしてくれたお祖父さんには悪いけど、早々に事業を縮小してどこかに吸収してもらってもいいかもしれない」

やけにあっさりしているところは最近の子なのかもしれない。驚く真冬に浩太郎はもう一度表情を改めて言った。

「だから、姉さんも家のことは気にせずに幸せになって」

浩太郎と別れた真冬は品川駅から通勤客でいっぱいの山手線に乗り込んだ。

あの後弟には『縁談の話は自分でちゃんと断れるし、八雲さんには私から連絡を取って資金援助をやめてもらうからもう気にしなくていい』と説得し、帰ってもらった。

あのビルにも仕事の用でたまたまいたと誤魔化した。

『姉さんは八雲さんと離婚前提の再婚をしてて、今は彼の専属秘書なの』なんて言ったら混乱させてしまう。

弟の優しい思いを知れただけで十分。これ以上余計なことを考えずに受験勉強に専念してほしかった。

つり革にぶら下がりながら思考を巡らせていると、先ほど聞いた話の重みが徐々に増していく。

（もしかしたら四年前、柊さんは私が実家に帰らず就職しようとしていたのを知っていたのかな）

この再婚を受け入れるにあたって真冬は柊に柳沢の実家に連絡を取らないようにお願いしていたが、元々真冬の知らないところで柊と両親は繋《つな》がっていたということになる。

柊がなぜ実家に〝取引〟を申し出たのかは彼に聞いてみないことにはわからない。

でも、はっきりしているのは自分は柊のおかげでこの四年間自由に生きてこられたこと、そして柊は柳沢家が約束を勝手に反故にしようとしていることも知らず、真冬と再婚している事実だ。

柊が真冬に実家との繋がりを黙っていたのも、実家に自分たちの結婚を伝えていないのも、早々に両者との縁を切ろうとしていることに他ならない。

柊の判断は正しい。もし柊と再婚したなどと知られたら、両親は親の立場を利用して八雲側に今以上に法外な要求をするかもしれない。それだけは避けたい。

ともかく実家への資金援助は止めてもらわなければいけないし、彼は今度こそ柳沢家、そして自分と完全に縁を絶つべきだ。それも早急に。

（柊さんのことが好きだとか甘いことを言える立場じゃなかったんだ。それなのに、ずっ

とこの生活が続けばいいなんて不相応なこと考えてたなんて。図々しいにもほどがあるよ）
ショックを受けている場合ではない。柊のそばにいる毎日が幸せすぎて夢を見た自分がいけなかったのだ。
離婚を早めてもらうよう柊に話そう。そう自らに言い聞かせるが、車窓に映る自分の顔はやけに不安げに揺れていた。

＊　＊　＊

週末、真冬は予定通り柊と旅行に出かけた。

午前中早めに家を出て柊の運転で目的地の箱根を目指す。途中観光地にいくつか立ち寄り、着いた宿は芦ノ湖《あしのこ》畔にある元箱根のリゾートホテルだった。

「わぁ、素敵……」

広く落ち着いたエントランスロビーに足を踏み入れた真冬は思わず感嘆の溜息をついた。

旧華族が所有していた広大な別荘地を利用した由緒正しいホテル。名前だけは聞いたことがあったが自分が来ることになるなんて思ってもいなかった。

（前に柊さんは『いい宿を知っている』と言ってたから予約とか全部任せちゃったけど、まさにいろんな意味で〝いい宿〟だ……）

案内された部屋は最上階、先ほどロビーの案内図で見たところどうやらスイートルームらしい。

部屋に入ってみると〝温泉〟と聞いて真冬が想像する和風旅館の部屋とは様子が全く違っていた。

アンティークな雰囲気の調度品が置かれた和洋室。ふたりには十分すぎる広さがあり、大きなバルコニーもついている。部屋の風呂は露天ではないものの広く、大きなガラス張りで湖が見える仕様になっている。

真冬は嬉しくなって設備をいろいろチェックして回る。

「柊さん、こっちの窓からは富士山も見えますよ！」

窓に駆け寄って歓声をあげていると、柊が傍らに立った。

「気に入ったようでよかったよ」

柊の笑いをこらえた様子に急に恥ずかしくなった真冬は、声のトーンを落とした。

「あの、子どもみたいにはしゃいですみません。今更ですが、こんな贅沢《ぜいたく》なお宿に連れて来ていただいていいんでしょうか」

「構わない。ふたりで旅行したと言えば、両親にもアピールできるだろう。後でこの景色をバックに写真を撮ろう」

彼の表情は騒いだことを咎《とが》めるどころか、そんな真冬を見るのが嬉しいというような楽しげなものに見えた。

「ここは俺が子どもの頃、家族で何回か来たことがある宿だから快適さは保証するよ」

「ご家族で来ていたんですか？」

「ああ。ここの庭はよく手入れされていて初夏になるとツツジが見事に咲くんだ。母はそれが気に入っていて、よく一緒に庭を見て回ったな。俺は花より池にいる鯉《こい》に餌をやる方が楽しかったが」

景色を眺める柊の表情が懐かしげにほころんだ。

彼の実母は彼が十八歳の時に亡くなったと聞いている。きっと柊に似た顔立ちの綺麗《きれい》な人だったのだろう。

（ご家族の……お母さんとの思い出のある場所に連れて来てもらえるなんて、嬉しいな）

真冬はしばらく柊の横で景色と会話を楽しんだ。

「夕食までまだ時間があるから、風呂に入るか」

「はい、この部屋のお風呂、湖を見ながら湯船につかれるみたいで気持ちよさそうですね」

「じゃあ入ろう」

「ん？」

目をパチクリさせる真冬の肩を抱き寄せて、柊は囁《ささや》いた。

「風呂、もちろん一緒に入ってくれるんだろう？」

（ま、まさかこのまま一緒にお風呂に……？）

ナチュラルに脱衣所に連れていかれそうな雰囲気を察知し真冬は必死に抗う。

「え、あっ、あの！　私、まずは大浴場に入ってみたいですっ」

赤くなって焦る真冬の顔を覗《のぞ》き込むと、柊はふうんと楽しげに口の端を上げた。

「なるほど、まずはね。じゃあ行っておいで。俺も後から男湯に入りにいく」

「じ、じゃあ、お先にシツレイしますね」

余裕の表情の柊とは対照的に真冬は慌てて彼の腕から脱出すると、わたわたと仕度を整えひとり大浴場に向かうのだった。

三階にある大浴場の女湯は山側に面していた。

洗い場で身体を洗ってから露天風呂につかる。時刻は十七時を過ぎた頃で外はまだ明るい。

森を吹き抜ける風は残暑を感じさせない爽やかさで、温泉に入りつつ森林浴も楽しめるという贅沢なシチュエーションに身体の力が抜けていく。

「はあぁ～気持ちいい……っ」

周りに人がいないのをいいことに真冬は柔らかい湯の中で手足を思いきり伸ばし、腹の奥から声を出した。

（ていうか、まだこんなに明るいのに、柊さんと一緒にお風呂なんて絶対無理でしょ）

お湯をゆらゆらとかき混ぜながら先ほどのやり取りを思い出す。

なぜだかわからないが、柊は真冬と入浴することに情熱を注ぐ……とまでは言わないが、やけに入りたがっている気がする。

そもそも何回も身体を重ねているし、そういう時柊は念入りに真冬の身体を検分するから見られていないところはない。今更と言われればそうなのだが、真冬としては別次元の恥ずかしさがあるのだ。

(柊さんは私をからかっているだけなんだろうけど)

いつも余裕な態度の柊に、真冬は太刀打ちできる気がしなかった。

今日も彼が運転しているにもかかわらず終始助手席の真冬が疲れていないか気遣っていたし、途中寄った植物園やガラス美術館では当然のように手を繋《つな》いで真冬のペースに合わせ歩いてくれた。

モデルのように長身で整った顔立ちをしている柊はどこへ行っても自然と周囲、特に女性の注目を浴びていた。

いつもならそんな彼の横を歩くことに恐縮してしまうところだが、真冬は背筋を伸ばし堂々としようと心がけた。

きっと柊との旅行は最初で最後になると思っていたから、心から楽しんでいい思い出にしたかったのだ。

数日前に弟に会って、柊が真冬の実家に資金援助を続けていたこと、それが自分のためだったということを知った真冬は、これ以上彼に迷惑をかけないように話をしようと決めていた。

実家に付け込まれないようにすぐにでも離婚届を出し、柊は彼の両親に事情をきちんと話すべきだと。

（柊さんのご両親はうちと違って話せばわかる方たちだと思うし、柊さんが自分の結婚相手は自分で決めたいって言えばわかってもらえるはず。だいたい私のせいで八雲家が柳沢の金ヅルにされたままだってご両親は知らないよね。知ってたら再婚なんて認めるはずないし）

柊と話して、これからのことを建設的に考えなければいけない。

来週の火曜に社長をはじめとした八雲の経営陣による経営審議会がある。

そこで真冬が関わってきたプロジェクトが事業化に向けて決裁されるはずだ。その日をけじめとしてきちんと柊に切り出そうと思っていた。

真冬はふうと溜息をついて、風にあたって冷えた肩をポチャリと湯につけた。

（……わかってる。経審がけじめなんて本当は言い訳で、この旅行は柊さんと普通の夫婦みたいに過ごしたいから、先延ばしにしたかっただけ）

ずるくてごめんなさい。あと少し待ってくれたら、この浅ましい恋心とはさよならしますからと真冬は誰にともなく許しを請うた。

お互い温泉から出て部屋で少し涼んだ後、レストランに移動しディナーをとる。

夕景を映す湖畔を眺望にいただくフランス料理は、味はもちろん見た目も素晴らしくシャンパンやワインも柊に勧められるまま飲んでしまった。

ほろ酔いで部屋に戻ってきた真冬は、部屋に備え付けのポットでお湯を沸かしお茶を入れた。

「レストランでの食後の飲み物がコーヒーだったので、お茶にしてみました」

真冬は湯呑《ゆのみ》をテーブルにふたつ置いて、ソファーでくつろぐ柊の傍らに腰かけた。

「ああ、ありがとう」

柊はお茶を飲んで一息つくと、テーブルの上に置いてあったペーパーバッグからなにかを取り出した。

「これ、もらってくれるか」

差し出されたのはラッピングされた長細い形の小さな箱。

「私に、ですか?」

「ああ、開けてみてくれ」

言われるまま受け取り、ラッピングを解くと中にはネックレスが入っていた。

「え、これって……」

いくつかの丸いベネチアガラスが連なってできたそれを見て真冬は驚く。今日立ち寄ったガラス美術館のミュージアムショップで綺麗だと思って見ていたものだったからだ。

「ずいぶん気に入っていたように見えたんだが、違ったか?」

「いえ……素敵だなって思っていました」

しかし真冬には大人っぽい気がしたし、気軽に購入できるような金額ではなかったので諦めていたのだ。

（いつの間にか、買ってくれてたんだ……私のために）

「柊さん、ごめんなさい。私相当物欲しそうに見えてましたか」

真冬が複雑な気持ちで言うと柊はプッと笑った。

「物欲しそうって……真冬は時々面白いことを言うな。君がそんな風に見えたことは一度もないぞ。それに、俺が君に似合うと思って買っただけだから気にしなくていい」

柊は真冬の身体を自分の方に向けるとネックレスの両端を持って覆いかぶさるように正面から首元に両手を回し、器用にネックレスの留め金を着けてくれた。

「ほら、そこに鏡が」

そっと促され、壁の鏡を見ると真冬の首元には海の色のような繊細な色合いのガラス細工が上品に輝いていた。

「……綺麗、です」

「ああ、やはり似合っているな」

柊は満足そうに微笑んだ。鏡に映る柔らかい表情に真冬の心臓が甘く絞られる。

「ありがとうございます。本当に嬉しい」

遠慮をするのはかえって彼に失礼だと思い真冬は素直にお礼を言った。

（なんか泣きそう……このネックレスは一生の宝物にしよう）

「あの、ちょっと待っててもらってもいいですか」

真冬はそう言って立ち上がると、畳のスペースに置いた自分の荷物から大事にしまっておいたものを取り出し、柊の横に戻った。

「柊さん、これ私から……お礼にもならないですけど、今日渡そうと思って持ってきていまして」

真冬はラッピングされた薄手の紙袋をおずおずと差し出す。

柊は目を瞬かせ受け取ると包装を解く。出てきたのは濃紺のブックカバーだった。

「もしかして、君が作ってくれたのか？」

「はい」

読書家の柊に使ってもらえたらと思い真冬がミシンで縫ったものだった。

大人の男性に似合うように余計な装飾はせず、内側の折り返しの部分に赤い糸で小さくS.Yと刺繍《ししゅう》を入れてあるだけのものだが、心を込めて丁寧に仕上げたつもりだ。

「柊さん、気に入った本は紙で買って持ち歩くじゃないですか。それで、文庫本なら本の厚みに合わせせられるように工夫してみました。厚手の帆布は耐久性もあって、使うと風合いが出ますし、デザインもシンプルで使いやすい……はずです」

「なるほど、ここでサイズ調整もできるようになっているのか。しおりも縫い込んである」

ひっくり返しながら興味深げに構造を確認する柊を前に、仕事のプレゼンでもしているような気分になってきた。

考えてみたら、国内有数の規模を誇る企業の次期経営者となる人は素人が布で作ったブックカバーなんか使わないかもしれない。自己満足の押し付けをしてしまっただろうかと不安になる。

「あの、無理に使っていただかなくてもいいですから……」

「いや、本当によくできているから驚いた。ありがとう。大切に使わせてもらうよ」

柊は目を細めると真冬の頭に手を伸ばし、髪をそっと撫《な》でた。どうやら本当に喜んでもらえたようで心から安堵《あんど》する。

「……感謝の気持ちを込めて作ったので、受け取ってもらえて嬉しいです」

「感謝？」

「はい、今回の出向やプロジェクトのこと、ずっとお礼を言いたくて。柊さんがきっかけをくれたおかげで、ＳＫテキスタイルが生産委託を受けられることになりそうですし、なにより私自身がとてもいい経験をさせていただけたと思っています。本当にありがとうございました」

（柊さんに伝えたい感謝の気持ちは他にもいろいろあるけど、今は仕事の話だけに留めておこう。これもまぎれもない本心だから）

柊は真冬の髪から手をはなすとこちらに視線を合わせ口を開く。

「俺こそ感謝している。あそこまでスムーズにプロジェクトが進んだのは、君の細かい心配りがあったからだし、慣れない環境の中相当頑張ってくれていたことも知っている。真冬に来てもらってよかった……ありがとう」

「柊さん……」

誰よりも成果にシビアな柊にこうして認められるのはなによりも報われた気持ちになり、声が詰まる。

(嬉しすぎて、また泣きそうになっちゃう……でも頑張ってよかった)

「事業化は俺が間違いなく決裁させる。だから安心していい」

「はい。よろしくお願いします。その点は全然心配していません」

経営審議会はその名の通り八雲の経営陣が勢揃《せいぞろ》いする重要な会議だ。社長はもちろん、中には社長の息子である柊にも臆せず議題に物申す曲者の役員もいるという。しかし柊は『むしろその方が経営としては健全だ』と気にしていない。

真冬は柊なら彼らを納得させられると確信している。専属秘書として近くにいた期間は短いが、真冬は柊の手腕に全幅の信頼を寄せていた。

すると柊は「そうか」と呟《つぶや》いた後、表情を引き締めた。

「経営審議会が終わったら、君に改めて話したいことがある」

「え……」

こちらを見据える真剣な眼差しから軽い話をするつもりではないことが伝わってきて、真冬は思わず息をのんだ。

(話したいこと……もしかしたらこれからのことかもしれない)

柊の両親は経営審議会に合わせ週明けに帰国する予定だ。妻として対面する日も近い。この結婚生活が新しいフェーズに入るということだ。

両親に仲が良い夫婦として認められたら、離婚の時期を早めに決めておく必要がある。無駄を嫌う柊はそう思っているのかもしれない。前回の結婚の時にそうしたように。

「当日の夜は早く帰るつもりだから、ゆっくり話をする時間を作ってもらえるか」

「はい。わかりました。ちょうど私もお話ししたいことがあったので」

真冬もしっかりとした口調で答えた。

それなら、自分もちゃんと話をしよう。今までのお礼とお詫《わ》び、そして早急に離婚届を出してご両親にすべてを話してわかってもらいましょうと。

（今更だけど、やっぱり誰かを騙《だま》すための結婚なんてしちゃいけなかったんだ。私たちは二回もしてしまったけど）

どこか重くなった空気の中ふたりは視線を合わせた。

「だめだな、つい仕事の話をしてしまった。今日は上司と部下ではなく、夫婦としてここに来てるのに」

柊はフッと口元を緩めた。

「ふふ……そうでしたね」

（そうだ、今日私たちは夫婦として旅行に来たんだ。今だけは奥さんとして柊さんのことを考えていたい）

いつの間にか硬くなっていた肩の力を抜いていると、柊の手が真冬の首元に伸びた。

「なあ真冬、これ、せっかく似合っているが外してもいいか？」

「ネックレスですか。はい」

外すのは構わないけれど、なんでだろうと軽く首をかしげる。

「変色はしないと思うが、こういうものは温泉につけるのは避けておいた方がいい」

「あ、そうですね」

(もちろん大切なものだから、すぐに外して箱に戻すつもりでいたんだけど)

彼の言わんとすることが今一つわからないまま自ら首の後ろに手を回そうとすると、柊はソファーから腰を上げ真冬の後ろ側に立つと、さっさと留め金を外す。

彼の手によって外されたネックレスはシャランという音と共にテーブルの上に置かれた。

「じゃあ、いこうか」

「ん？　どこにですか？」

笑みを浮かべた柊に手を引かれるまま立ちあがり、連れてこられたのは――脱衣所だった。真冬は思いきり目を見開く。

「ま、まさか……？」

「後で一緒に入るって言っていたじゃないか」

広い脱衣所の真ん中で立ちすくむ真冬に構わず、柊は上機嫌でブラウスのボタンに手を掛けて上からひとつひとつ外していく。

(もしかして、本気で一緒に入るつもりだったの？)

「えっと、言ってないですよね」

「まずは大浴場に入りたいってことは、次は部屋の風呂に俺と一緒に入るつもりだったたってことだろう」

「そんな……」

（後で部屋のお風呂には入りたいと思ってたけど、柊さんと一緒に入るつもりはなかったんです……！）

　とんでもない拡大解釈に真冬が慄いて口をパクパクさせていると、ボタンに掛かっていた手が止まる。

「本当に嫌なら無理強いはしないが、ダメか……？」

「ぐっ」

　眉尻を少し下げ、困ったように懇願する柊。その表情を見た真冬の心臓にトスンとハート形の矢が刺さる。

（……わざと、わざとだ。整いすぎた顔面をここぞとばかりに使ってきてる……っ）

　大人の男性としか思えなかった柊に対して初めて芽生えた〝かわいい〟という感情に真冬は混乱し……結局籠絡されてしまった。

「あの……自分で脱いで、後から行くので先に入ってもらえますか」

　ボソボソとお願いすると柊は「わかった。待ってる」と微笑み、素早く服を脱いで浴室に入っていった。

　その様子に真冬は謎の敗北感を感じるのだった。

かっていた。

「そう、ですね」

真冬がまああな時間をかけつつ服を脱ぎ、浴室に入っていくと柊はすでに浴槽につ

身体は大浴場で洗ってあったので、素早くシャワーで流すだけにして、真冬も浴槽に沈む。

内風呂にしては広く、大人ふたり入っても少し距離が取れた……はずなのだが「こっちの方が湖がよく見えるぞ」とあっという間に柊に引き寄せられ彼に密着することになってしまった。

背中を柊の逞《たくま》しい胸板にやんわり預け、窓からの景色を楽しんでいると徐々に肩の力が抜けていく。

(恥ずかしいことは恥ずかしいけど、お湯につかっちゃえば、そこまで見えないし、こうしていられるのは嬉しいかも。なんか意識しすぎて変にもったいつけちゃったかな)

「いい眺めだな」

「はい、朝は湖が綺麗に見えそうですね。ちょっと早起きしてみようかな」

朝の光が当たった芦ノ湖はきっと美しいだろう。晴れるといいなと考えつつ窓にもう少し寄ろうとすると、真冬のお腹の前で緩く組まれていた柊の腕が動き、ちゃぷんと音を立

てる。

「景色もいいが、まあ俺にとっての絶景はこっちだな」

柊の両手が真冬の両胸のふくらみをやわやわと弄び始めた。

「え……」

（〝いい眺め〟ってこっちのこと？）

あろうことか、柊は景色を見ないで湯に沈む真冬の身体を見ていたらしい。

「なんだか、柊さん……言い方がスケべっぽいです」

思わず出た言葉に胸元の手の動きが止まった。

「たしかにな。俺は君より七つも年上だし、若い女性からしたら一緒に風呂に入りたがるスケべなおっさんかもしれない」

「え、おっさんなんて言ってませんし、思ってません。でも……そんなにお風呂、一緒に入りたかったんですか？」

「君の白い肌が湯の中で赤く色づくのが見てみたかった……それに」

柊は真冬のお腹に手を回しグッと抱き寄せると耳元で囁《ささや》いた。

「どうやら俺は君が赤くなったり、恥ずかしがるのを見るのが、どうしようもなく好きみたいなんだ。その証拠にもうほら」

抱き寄せられた勢いのまま、真冬の臀部《でんぶ》に明らかに硬くなった彼のものが押し当てられた。

「し、柊さん……」

「すまん、スケベなおっさんだからな」

（スケベと言ったのを気にしていらっしゃる？　おっさんとは一言も言っていないけど！）

焦る真冬をよそに柊は芯をもった彼自身を真冬の足の間の花弁に密着させ、ゆらゆらと擦ってきた。

さらに後ろから回された掌で胸のふくらみをやわやわと揉《も》みこまれると思わず鼻にかかった声が出る。

「ふ、ん……っ」

この結婚生活の中で幾度となく柊に抱かれてきた真冬の身体は、彼の愛撫《あいぶ》にすぐに敏感に反応するようにされてしまっていた。

柊は後ろから真冬の項に吸いつき、チロチロと舐《な》めている。でも、胸や下肢への柔らかい刺激はそのままだ。

お腹の奥が蕩《とろ》け、ほころび始めるものの浮力のせいでしっかり刺激を受け取れない。行き場のないもどかしさを我慢できなくなった真冬は身をよじって柊に縋《すが》り付いた。

「しゅう、さん……」

「どうした、足りない？」

「ん……」

柊は喉の奥で笑うとお湯の中でくるりと真冬の座る向きを変えた。

胡坐《あぐら》をかいた彼に向かい合いまたがる形になると、すぐに柊は先ほど弄っていた胸の頂に吸いついてきた。

「あ……っ」

チュッ、ジュッと音を立てながら先端を吸われ舌で舐められる。

直接的な刺激に悦び震えた真冬は両手を柊の頭に回しギュッと抱きしめる。

柊はあっという間に主張をし始めた左右の尖《とが》りを余すことなく味わうと、忘れていたとばかりに首を伸ばし唇を重ねてきた。最初から舌が差し入れられ遠慮なく口内を暴かれる、官能を引き出すようなキスだ。

「ん、あ……はぁっ、ふぅん」

真冬もなんとか応えようと懸命に舌を動かし絡ませる。口から漏れ出る唾液に構わずキスに夢中になっていると、お湯の中で滑らかさを楽しむように真冬の尻を撫でていた柊の掌が前に回る。

足の間の秘められた場所を大きな掌で擦った後、蜜口にグッと中指が挿入される。長い指は最初浅い場所で遊んでいたが、徐々に奥に進み真冬の中の弱いポイントを擦り始めた。

「あ、あっ、あっ……ふぅん……そこっ、ん、だめ……」

指が動くたびに快感が増幅され、甘い声が止まらないし腰がビクビクと反応してしまう。

口付けを解いた柊は鼻先で嫣然《えんぜん》と笑う。

「お湯の中でもわかるものなんだな、君自身が濡《ぬ》れてるって」

「や……っ、そういうこと言わないで……」

真冬は火照った顔で精いっぱい柊を睨みつけた。しかし逆効果だったようだ。

「さっき言っただろう。そういう顔は俺を煽《あお》るだけなんだよ」

いい加減に覚えないと、と零すと柊は手の動きはそのまま、再び真冬の胸を大きな口で頬張るようにし、口腔《こうこう》内に留めるとピンと立ち上がった先端を舌で弾くように高速で弄り始めた。

「え……あ、ンッ……！」

こうされるのも真冬は弱い。甘えたような声がどんどん高くなっていく。

窓ガラスで仕切られた浴室の中、視界の片隅には美しい湖が夜の灯りを受け水面を揺らしているのが見えた。しかし響くのは浴槽の湯がちゃぷんと揺れる音と、真冬の細切れの嬌声《きょうせい》ばかりだ。

柊も時折こらえ切れないように熱い息を吐いているが、真冬を高める行為はさらに熱心になっていく。

蜜壺を弄る指が二本に増やされたかと思うと、それぞれがバラバラと素早く動き真冬の蕩けた壁に細かい刺激を与え続ける。

「あ、しゅうさ、や、だめ、もう、きちゃうっ……きちゃうからぁ……っ」

真冬は柊に縋り付いて快感を追うことしかできなくなる。

「ん、いいよ真冬、イって……」

柊は胸から顔を離すとドロドロに甘い声を真冬の鼓膜に流し込む。ダメ押しとばかりに、蜜壺に入れた指はそのまま、腫れあがった突起に親指を押し付けグッと力を入れた。

「あ、だめぇっ……あ、あっ……ンッ――!!」

手足の先まで快感が走り抜ける。真冬は柊の意図のまま、彼の頭を抱えながらビクビクと身体を震わせ弾けた。

「はぁっ、はぁ……」

荒い息をしながらぐったりと柊にしなだれかかっていると、彼がしまった、と深い溜息をつく。

「失敗したな、ここにもってくるべきだった」

「……へぁ？」

半ば意識が飛んでいたため間抜けな声が出てしまった。

「準備なしに君を抱くわけにはいかないだろう？　それにのぼせてもまずいな」

柊は自らに言い聞かせるようにして真冬を抱いて浴槽から立ち上がった。脱衣所で真冬を立たせると、バスタオルで真冬の身体を丁寧に、自分の身体は無造作に拭う。

ぼんやりしていたため、されるがままだった真冬は再び柊が自分を抱き上げ、身体が宙に浮いたことで我に返る。

「柊さんっ、重いですから自分でっ」

素っ裸のお姫様抱っこは、お風呂に一緒に入るよりある意味キツイものがある。慌てて下りようと身をよじる真冬だったが、逞しい腕はビクともしない。

「重くなんてない。それに君をこうして運ぶのは二回目だ」

柊は「まあ、裸じゃなかったが」と呟いているが全く身に覚えがない。お姫様抱っこなんてされてたら絶対覚えているはずだ。恥ずかしくて。

「そんなこと、ありました……？」

観念した真冬は落ちないように彼の首に手を回す。

「いつか、教えてあげるよ」

「……ん、ふ」

その先の思考はキスによって奪われた。柊は無抵抗になった真冬をベッドに運び、そっと横たえた。

ギシリという音と共に柊がベッドに乗り上げてきて、彼の四肢に組み敷かれる。

大きな手が後頭部に回ったと思うと、アップに結んでいた髪の毛を解かれた。そのまま髪を、そして頬を優しく撫でられ真冬は心地よさに目を細める。

（ああ、やっぱり私、柊さんが好き……好きになれてよかった）

自分たちの出会いも再会も、取り巻く背景も普通ではなかったし、しがらみだらけだ。

でも、今自分の中にあるのは八雲柊というひとりの男性を愛しているという宝物のような想いだけだった。

ずっと大切に持っていよう。この先この人と別れてしまっても。

真冬は彼の男らしい引き締まった頬に手を伸ばし、彼がしてくれているように撫でた。

するりと柊は真冬の手に掌を重ねて言った。

「——もっと俺に君を感じさせてくれる？」

「はい……好きに、してください」

話し合いですぐに離婚となったら、彼と抱き合うことはもうないかもしれない。むしろそうしなければいけない。だったら最後に思いきり抱いてもらいたかった。

（私にあなたを刻み付けてほしい。ずっと忘れられないくらいに。大好き、柊さん。私の……）

「……旦那さま」

真冬は張り裂けそうな想いを誤魔化《ごまか》すように、わざとおどけて小さく笑顔を作る。

こちらを見下ろす柊の瞳が一瞬驚いたように見開かれる。

「……まったく、君って人は俺をどれだけ煽れば気が済むんだ」

柊は真冬の掌にキスを落とすと、熱い息を吐いた。

「じゃあ、お言葉に甘えて好きにさせてもらうよ、奥さん」

濡れた髪を片手で無造作にかき上げる仕草は艶めかしく、真冬の鼓動は高鳴っていく。

上半身を屈めて覆いかぶさってくる柊の整った顔、その黒い瞳に野性的な鋭さが宿ったように見えたのは気のせいだろうか。

柊は真冬の喉元に唇を押し付けジュッと吸い上げた。チリっとした感覚に跡になってしまうかも、と一瞬戸惑うが、彼の唇は胸から鳩尾《みぞおち》、ウエストラインを問答無用で辿《たど》っていきその都度吸い付くから抵抗などできなくなる。

臍《へそ》の下に口付けた柊は上半身を起こすと真冬の膝を立たせ両足を開かせる。

「あ……」

この後されることが予想でき、恥ずかしいのか期待しているのかわからないまま真冬はふるふると下半身を震わす。

柊は柔らかい太ももの内側の感触を食むように楽しんだ後、真冬の尻の下に手を差し入れて腰を少し持ち上げ、足の中心のあわいに口付けた。

「は……あ……んっ、んっ」

柊は唇と舌を巧みに使って蜜壺の浅瀬と膨らみきった蕾《つぼみ》を交互に愛撫する。

「あぁっ……ん、しゅうさっ……、はぁっ、や、そこ……っふぅ……ん」

絶え間なく刺激され続けるから、はしたない声も止まらない。自分から蕩け出た蜜と彼の唾液が混ざるジュプジュプという水音がさらに羞恥と興奮を煽っていった。

柊は身を起こすと濡れた口元を手の甲で乱暴に拭った。

「はぁ……」

弾ける寸前まで高められた真冬が熱い息を吐いていると、柊は真冬の身体をころりと回転させお腹の下に手を回しグッと持ち上げた。

「えっ……？」

気づくとベッドの上で四つん這いにさせられていた。

（こんな格好、したことない……）

いつもと違う場所、慣れない体勢に頭が沸騰しそうだ。彼もそうなのか、ハァッと短く吐く息に余裕が感じられない。

柊は真冬の尻を撫でた後、蕩けきったあわいに二本の指を差し込んできた。

「ちょ……それ、ダメぇっ……！」

さっきと同じところを今度は後ろから指で解される。強すぎる刺激にあっという間に腕に力が入らなくなり上半身がベッドに沈んだ。すると彼に尻を差し出すような体勢になってしまう。

「——ごめん、あまりもたないかもしれない」

柊は枕元に準備してあった避妊具を立ち上がりきった自身に被せると、後ろからズブリと中に沈めた。

「あぁ……っ」

真冬は突き刺さる硬いものを悦んで迎えた。いつもより熱く大きく感じるのは初めての体位だからだろうか。

柊は真冬の腰に両手を添え固定すると、慣らすようにゆっくり抜き差しを繰り返した。行き来するたび中がズルズルと擦られ、彼の形がはっきりとわかるほど締め付けてしまう。

「ああっ……だめ……気持ちよく、なっちゃう……！」

「気持ちよく、なるようにしてるんだ……ほら、こうやって」

柊はクイッと腰を動かし奥に剛直を押し付けたかと思うと蜜壺をかき混ぜ、不規則に腹の裏の方も擦り上げる。

「んぁっ！　だめぇ！」

真冬はあまりの快感に突っ伏しながら力なく首を左右に振る。それなのに腰は快感を追うようにゆらゆらと動いてしまう。

「く……っ、持っていかれる」

柊は思わずといった様子で抽挿を速めた。彼の腰の動きに合わせて真冬の身体が大きく揺さぶられる。

「や、はげし……っ」

奥をグッグッと突き上げられるたびに下腹部に溜まった快感が膨張し、今にも弾けそうになる。

指一本自分の意志で動かすことができない悦楽に恐れさえ感じ、真冬は助けを求めるように愛しい人の名前を呼ぶ。

「しゅうさん、しゅうさん……っ！」

「本当に、君はかわいいな……っ」

柊は上半身を屈めると、腰の動きはそのままに親指と人差し指で真冬の両胸の先端を摘まみコリコリと刺激をおくってきた。

「あっ、しゅうさ、だめっ……きちゃうっ、きちゃ……あ、あ、あっ！　んんぅ――!!」

快感に身体を震わせながら真冬は絶頂に達する。

「グッ……真冬っ」

柊も真冬の締め付けに抗うことなく最奥で動きを止め、薄膜越しに欲を放った。

「は……しゅう、さん……」

真冬は背中に感じる汗ばんだ重みに恍惚《こうこつ》とする。彼がこうして自分に対して激情を向けてくれることが幸せでたまらなかった。

「大丈夫か？　つい無理をさせてしまった」

やがて柊は真冬の中から自身を抜き、柔らかく抱きしめてくれる。

「はい……大丈夫、です」

（柊さん……愛してます）

労わるような優しい口付けを受けながら、真冬はそっと意識を手放した。

次に目覚めるのは朝方で、彼と温泉に入り直し、その後また同じような展開になるなんて、この時の真冬は思ってもいなかった。

7. 罠

箱根旅行から二日後の火曜、とうとう経営審議会の日がやってきた。

昼休みが終わってすぐ、真冬は十四時からの会議に備え、会場となる役員会議室の準備を整えていた。

ここの管理は秘書室の仕事となっているからだが、すでに室内はピカピカだ。やれることは会議用モニターや、ワイヤレスアダプターなどが起動するかを念のため確認するくらいだった。

「やっぱり落ち着かないな」

モニターから伸びるＨＤＭＩの黒いコードを片手に真冬は独り言ちた。

後一時間足らずでここで役員が一堂に会し、真冬達が進めてきたプロジェクトが審議される。そう思うと自分が説明するわけでもないのに緊張してくる。

「私がドキドキしてたってどうにもならないよね。柊さんにお願いしてるんだから大丈夫。そうだ、今日はちょっとお高い海老を買って帰って海老フライでお祝いしちゃおう」

今日の夜は柊と離婚についての話し合いになるはずだ。まずは、軽く乾杯して夕食をとり、その後はコーヒーでも飲みながらきちんと話をして今までの感謝の気持ちを伝えよう。

そんなことを考えながらも真冬は会議室のチェックを抜かりなく終えるのだった。

「戻りました……え？」

真冬が秘書室に戻ってくると、ざわついていた室内が静まり返り、同僚たちの視線がこちらに集中した。

気まずいような、でもこちらを窺《うかが》うようなただならない雰囲気に真冬は目を瞬かせた。

「なにかあったんですか？」

「……真冬ちゃん、メール見てもらっていい？」

そう言った悠里の顔色も悪い。重大トラブルが発生したのかと慌ててノートパソコンでメールソフトを開くととんでもないタイトルのメールが目に飛び込んできた。

〝派遣社員の情報漏洩《ろうえい》行為について〟

発信時刻は昼休み終了直前だ。慌てて開くと信じられない内容だった。

〝秘書室で八雲専務の専務秘書を担当している派遣社員柳沢真冬は、競合会社であるＳＫテキスタイルの社長と恋愛関係で、八雲が進めている新素材プロジェクトの内容を流出させている〟

添付されていた画像に真冬は言葉を失った。

かなり遠いアングルだが、八雲の会議室エリアの廊下で真冬と白川が立っている。

先週白川が内々の打ち合わせで柊の元を訪問した帰りに真冬と立ち話をした時のものだ。

ふたりの距離が近く、見方によっては寄り添っているようにもとれる。

（嘘《うそ》、なにこれ……）

マウスを持つ手が震える。

「いったい誰がこんなこと」

「メールの差出人もメールアドレスも個人名じゃなくて、意味をなさない英文字のものだからわからない。でもあて先は秘書室、プロジェクトメンバー、そしてまずいことに役員のメーリングリストになってるわ」

悠里の声も低く強張っている。

同僚たちは皆このメールを見たのだろう。一様に困惑した顔つきになっている。

悪意の塊のようなメール、これは間違いなく自分を陥れるためのものだ。

（どうしよう。タイミングが悪すぎる）

真冬は吐き気を覚えながらもなんとか思考を動かす。

メールの送信元はシステム管理部に調査を依頼すればわかるだろう。でも、調査には手順を踏まなければならず、今すぐというわけにはいかない。

情報漏洩もなにもＳＫテキスタイルはこれから生産委託を受ける立場で、その話をしに白川は八雲を訪れていたのだ。

ひとつひとつ丁寧に説明すれば、疑いは晴れるはずだ。でもそれを証明する時間が圧倒的に足りない。

そもそもこういうメールが出回ること自体、脇が甘いと指摘され、この後の経営審議会に悪影響が出る可能性が高い。

事の重大さに頭がおかしくなりそうだ。

「私、情報流出なんてしていません。メンバーの皆さんと苦労して進めてきた大事なプロジェクトをそんな軽く扱うなんて……」

絞り出した声が静まりかえったフロアに虚しく響く。

「真冬ちゃん……」

悠里が口を開いた時、別の声がかぶせるように投げかけられた。

「同情を買おうとしても無駄よ。こうやって証拠があるんだから潔く認めたら？」

「筑紫さん」

口の端を上げ、立ち上がったのは同僚の筑紫梨絵だった。

「驚いたわ。あなたがＳＫテキスタイルの社長の恋人だったなんて」

「恋人なんかじゃありません！」

真冬が否定しても梨絵は「どうだか」と侮蔑の表情を浮かべるだけだ。

「八雲専務もさぞかしがっかりされるわね。自分の専属秘書が役にたたないどころか、足を引っ張ってくれたって」

「……っ」

梨絵の言葉に真冬は言葉を失った。

（もしかしたら私のせいで、柊さんやみなさんと頑張ってきたプロジェクト自体が見直しになってしまうかもしれない。そうしたらＳＫテキスタイルへの生産委託もなくなってしまう）

　絶望の影に覆われ立ちすくむ真冬の背後でフロアのスライドドアがガラリと開く。

　そこに立つ人物に真冬は目を見開いた。

「……専務」

　そこには柊の姿があった。きっとメールを見てこちらに来たのだろう。フロア中が深刻な雰囲気で彼を迎える。

　柊は無言のままツカツカと部屋の中央のスペースまで行くと腕を組んで立った。感情を消し去った表情に不穏なものを感じ、その場にいる皆、悠里でさえ声をかけられない。

（やっぱり柊さん、ものすごく怒ってる）

　しかし、梨絵だけは漂う冷気を感じ取れなかったようで、パタパタと柊の傍らまでいくと媚《こ》びた声を出す。

「専務、ご覧になりました？」

「なんのことだ」

「あのメールですよ。柳沢さんがＳＫテキスタイルの社長の恋人で情報漏洩してるっていう」

　柊は梨絵の言葉に眉をピクリと動かし、低く答えた。

「ああ見たよ。本当に失望した」

失望したという重い言葉に真冬の胸はギリギリと軋《きし》む。

(当然だよね。経営審議会直前に私のせいでこんなことになってしまったんだから)

俯《うつむ》く真冬とは対照的に、勢いづいた梨絵は高い声を出す。

「そうですよ！　こんなスキャンダルが出てしまったらプロジェクトに影響しちゃいますよね。こういうことがあるから派遣なんかに専属秘書を任せたらいけなかったんですよ、だから次は……」

「違う」

柊が遮るようにピシャリと言葉を落としたので真冬は思わず顔を上げる。

「俺が失望したのは、仲間を陥れようとする人間が内部にいたことだ」

氷のように冷たい声にただでさえ冷えていた秘書室の温度がさらに下がった気がした。

「せ、専務？」

梨絵もここにきて初めて柊の怒気に気づいたのか、顔を強張らせ一歩後ずさる。

「こんなつまらないことで、プロジェクトを止めさせたりしない」

「で、でも……」

「実際情報は流出していない。なんの問題もない。そしてメールを送信した人間はすでに特定してある」

(……どういうこと？)

流れるように続く柊の発言に真冬も理解が追い付かない。すると開けっ放しだった秘書室の入り口に人影が立った。

「うわぁ、ここ氷温テスト環境？　冷えてるねぇ」

「池端さん？」

のんびりとした声に振り向くと、白衣姿の池端が中を覗《のぞ》くようにしている。

「専務、連行してきましたよー。はいはい、腹くくって入ってくださいね」

池端に腕を掴《つか》まれ引かれるように部屋に入ってきたのは元プロジェクトメンバーだったシステム管理部の門脇。ひどく憔悴《しょうすい》し、魂が抜けたような姿を見て梨絵がヒュッと息をのんだ。

「……なるほど、なんとなくわかった」

悠里が苦々しく呟《つぶや》いたが真冬には訳がわからない。

「あの、どういうことでしょう。門脇さんがあのメールを？」

真冬が尋ねると池端はうん、と頷《うなず》く。

「さっき専務と執務室でコーヒー飲んでいたら、あのメールが来てね。メールを見た専務、ものすごい勢いで出て行ってさ、僕も面白そうだから付いて行ってみたんだ」

神出鬼没な池端はふらりと専務執務室を尋ねることがあり、柊も時間があれば相手をしている。その時のことだったのだろう。

「専務がシステム管理部に殴りこんで、部長を締め上げてメールの送信元の確認を指示するまでに三分、その場にいたＳＥ総出であのメールアドレスを作ったアカウントを特定するまでに五分ってとこだったかな」

なんと、柊は通常なら数日かかる手順をすっ飛ばして力技で数分で済ませてしまったのだ。

「ともかく、そこで送信者は門脇さんだと判明した。専務は部屋の隅で顔色を失って動けなくなっていたこの人を秘書室に連れて来るように僕に託して先にここに来たってこと」

そう言うと池端は気の毒そうな顔で門脇を見る。

「まさかこんなに早く、しかも専務自ら動くとは思わなかったんだろうね。あの親の仇《かたき》を取りにきた閻魔《えんま》大王みたいな形相で睨《にら》まれたら、会社員生命どころか、命自体危ないと思うよ」

「池端、調子に乗るな」

柊は不機嫌そうに池端を制している。黙って項垂れる門脇を見て真冬は悲しくなると同時に違和感を覚えた。

たしかにプロジェクトの対応をきっかけに真冬は門脇に嫌われていた。でもそれだけで、ここまでするだろうか。しかも彼はシステムに関わる仕事をしている。調べたらすぐにバレてしまうなんてわかっていたはずなのに。

「たぶん、もみ消してあげるとでもいわれたんだろうね」

真冬の心の声が聞こえたかのように池端が答える。

「え、誰にですか？」

「そこの彼女」

池端の視線の先には青白い顔をした梨絵がいた。

「な、なんで私が……！　そんなこと知らないわよ」

部屋中の視線が集中し、わかりやすく動揺した様子の梨絵に悠里が溜息《ためいき》交じりに言った。

「メールに添付されてた写真、撮ったの筑紫さんなんじゃない？　お客様としていらしていたSKテキスタイルの社長と真冬ちゃんがたまたま会話しているのを見かけて、あえて密着して見えるような角度でスマホで撮った。メールの発信はあなたから門脇さんに依頼した、ってところかしら」

「たしかに先週白川社長が打ち合わせに来た時、彼女にお茶出しを頼んだ覚えがある。その時テーブルにあった契約書でも盗み見て、来客がSKテキスタイルの社長だということを知ったのかもしれない」

柊の淡々とした口調に追い詰められた梨絵はさらに慌てだす。

「そ、そんな証拠どこにもないじゃないですか。メールのことも知りません。第一この人と話したこともないのに！」

梨絵に指をさされた門脇はここで初めて口を開いた。

「ひどいじゃないか！　言う通りにしたら、八雲専務に頼んで僕をシステム管理部長に推薦するって言ってくれたのに」

「そんなこと言ってないし、知らないわ！」

「自分だけ言い逃れするつもりなのか！」

「あー、僕見ました。あなた方が一緒にいるところ」

ふたりの醜い言い争いは池端の言葉でピタリと止まった。

「確か二か月くらい前だったかな、こっちのラボに籠ってたら夜になっちゃって、気分を変えようと思って廊下を散歩してたんです。そしたら、備品倉庫の陰でおふたりが〝仲良く〟されてました」

（え……仲良くって、筑紫さんと門脇さんはそういう関係だったってこと？）

ちなみに門脇は既婚者で、中学生になる子どもがいると聞いたことがある。すなわち不倫だ。

「そういえば池端、前に筑紫さんを見て、やけに記憶に引っかかるって言ってたの、そういうことだったのね」

悠里の言葉に池端はうん、と顔を緩ませる。

「会社でしちゃう人っているんだーって感心したからね。もちろんチラッと見えただけだし顔をちゃんと思い出したのはついさっきだけど」

梨絵は絶句し立ち尽くしている。

門脇との関係がいつ始まったかはわからないし知りたくもないが、梨絵は関係を利用して門脇を動かしたのだ——真冬を陥れるために。

自分と同い年の梨絵から向けられた悪意に心が張り裂けそうになる。

「筑紫さん、なんでこんなことしたんですか」

思わず問うと、黙り込んでいた梨絵が憎しみの籠った目でこちらを睨みつけてきた。

「なんでって、あなたが気に入らなかったのよ。いかにも私仕事できます、頑張ってますってふりをしていい子ぶってるのも、専務や主任に取り入っているのも。あなたがいなければ、私が専属秘書になって、将来は八雲の嫁になれるはずだったのに！」

「……私が気に入らなかったから？」

（そんなくだらないことで会社の大事なプロジェクトごと台無しにしようとしていたの？）

あまりにも稚拙で短絡的で自分勝手だ。

とうとう我慢できなくなった真冬は一歩踏み出し梨絵を見据えた。

「ふざけないで。あなたのしたことは、許されることじゃないわ」

「ふん、短期の派遣のくせに偉そうな口をきかないでよ」

梨絵は事もなげに吐き捨てたが、真冬はすぐさま低い声で言い返した。

「関係ありません」

「え？」

「会社で自分の役割を果たすことは、社長であろうと、派遣であろうと、何年いようと数か月だろうと関係ありません。社会人として、せめて大人として自分のしたことを謝って責任を取ってください」

怒気を孕《はら》んだ揺るぎない声と眼差し。普段は見せない真冬の静かな迫力に、周囲は驚き固唾をのんで見守る。

「な、なっ……なによ、私は社長夫人の遠縁だから八雲の身内みたいなものよ。責任なんて、恭子おばさまに言えばなんとでもしてもらえるわ」

（やっぱり、筑紫さんはそれを見込んでたんだ）

自分のやったことがバレたとしても、社長の妻の遠縁という立場を利用して責任を逃れるつもりなのだろう。もしかしたら本当にそうなってしまうかもしれないと思うと悔しくて真冬は唇を噛《か》む。

「いや、それは無理だし、俺がさせない」

するとそれまで腕を組んで黙っていた柊がきっぱりと言い切った。

「専務、無理ってどうして」

梨絵が腕に縋《すが》り付いたが、柊は淡々とした口調で続ける。

「身内ね。まあたしかに、身内の意見を優先させるべきというのは今回は賛成だな」

含みを持たせた言い方をすると、柊は腕から梨絵の手をやんわりと払い、真冬の方に近づいてくる。どうしたのだろうと顔を見ると、彼はこちらに向かって楽しげに目を細めた。

まるで、これから面白いことが起こるぞと言うかのように。

「専務？」

横に立った柊は真冬の肩を引き寄せると同時にとんでもない爆弾を投下した。

「彼女、柳沢真冬、いや、八雲真冬は俺の妻だ。これ以上ない身内だろう？」

――その場にいた全員が言葉を失った。悠里は極限まで目を見開いているし、さすがの池端も目をパチクリさせている。

（うそ、ちょっと待って、今、柊さん私のこと、妻って……？）

「あの、え？　しゅ、ちが、専務」

完全に混乱した真冬があわあわしていると、肩に置かれた柊の手に力が籠った。

「詳しい話は控えるが、真冬は俺の妻で八雲家の嫁だ。勿論《もちろん》社長夫妻も了承済みだし、しっかり婚姻届を出している。だから、妻に対する侮辱は、八雲家へのそれと同じとみなす」

周囲が驚きで固まる中、柊は真冬の両肩に手を置き、子どもに言い聞かせるように顔を覗き込んだ。

「真冬、昔も今も、これからも――死ぬまで俺の妻は君だけだ」

「……しゅう、さん」

ダメなのに、こんなところで公表したら社内中に広まってしまう。離婚した後面倒になるし、柳沢の実家に知られてしまうかもしれない。

でも、真冬は震えるほど嬉しかった。こちらを見つめる彼の真剣な瞳は嘘をついているとは思えなかったから。

「言っておくがパフォーマンスじゃないぞ」

「……っ、柊さん、私……」

真冬は柊を見つめながら返す言葉を探すが、感情が渋滞して言葉にならない。

すると、聞きなれない声が部屋の中に響く。

「うふふ、なんだか、いろいろ大変なことになっていたのねぇ」

柊は真冬の肩に手を乗せたまま、大きく溜息をついて振り返った。

「……恭子さん、いらしてたんですか」

そこにいたのは八雲恭子、現社長である柊の父の後妻で柊の母にあたる女性だ。

オフホワイトのスーツを着こなしている彼女は現在四十五歳。

四年以上会っていなかったが、上品な美しさは全く衰えていない。

小柄でたおやかな女性に見えるが、柊の話では自分の息のかかった女性を柊の妻にしようと画策し、将来的には自分の実の息子を後継者にしようとしているという計算高い人だったはず。

（なんで、お義母さまがこちらに……？）

真冬が困惑していると悠里が頭を押さえてひとこと呟いた。

「カオス」

無理もない。秘書室はこの数十分のうちに怪メールに翻弄され、力技で送信者を特定した専務がやってきて結婚を公表。混乱した場に社長夫人まで登場したのだ。

「恭子おばさま！」

恭子が現れたことで梨絵が息を吹き返す。しかし、駆け寄ってきた梨絵を恭子は無視して笑顔で息子に声をかける。

「柊さん、ごめんなさいね。こんなに迷惑かける子だとは思っていなかったの」

「俺は何度も引き取ってくださいってお願いしていましたが」

柊は不機嫌な口調で応えた。

「ええ。だからアメリカから帰ったらすぐにこの子と話し合おうと思って来たのだけど、必要もないわね——全部聞いてたわ」

恭子は初めて梨絵に視線をやった。

「お、おばさま？」

「言ったわよね。コネで入社はさせてあげるけど、その後は自分の力でがんばりなさいって。もう、どこで勘違いしちゃったのかしら。がんばるどころか会社に損害をあたえようとするなんて」

てっきり梨絵の擁護に回ると思っていた恭子の態度に真冬は目を瞬かせる。

(もしかして、筑紫さんはお義母さまの遠縁だからなんでもありって勘違いしていただけってこと？)

「梨絵ちゃん、あなたもう実家に帰りなさい。鳥取のご両親にはあなたがやったことを私から全部伝えておくわ」

ビクリとした梨絵は目を見開いていやいやと首を振る。

「田舎には帰りたくない、おばさま——」

「私にこれ以上恥をかかせないでもらいたいのよ」

恐ろしいのは、恭子が終始ゆったりとした笑顔でいることだった。それでいて一切取り付く島がない。

いつか柊が恭子を〝百戦錬磨〟と評していた理由がわかる気がした。絶対敵に回してはいけないタイプだ。

結局、柊により正式な処分が下るまで謹慎を命じられた梨絵と門脇は、それぞれ悠里と池端に付き添われ、ガックリと肩を落としながら秘書室を出て行った。

「——間に合ったな。行ってくる」

あっけにとられて彼らを見送っていた真冬は柊の言葉にハッと我に返り壁掛け時計を見た。

時刻は十三時五十分。経営審議会のスタートが十四時だから十分間に合う。

「あの、専務。メールの件、私のせいで申し訳ありません」

「君のせいではないだろう。経緯もはっきりした。役員には会議の冒頭で事実無根であると説明するから心配しなくてもいい」

頼もしい言葉に、真冬は深々と頭を下げる。

「はい。よろしくお願いします」

すべてを柊に託そうと思った真冬が廊下に出て柊を見送ろうとしていると、恭子が声をかけてきた。

「真冬ちゃん、せっかくだから経営審議会の間私とお話ししましょう？」

妙に弾んだ声に、真冬の背筋がヒュッと伸びる。

夫婦だと公表した柊の意図も、今後のことも確認できていない今の状態で、この義母に対峙《たいじ》するなんて。

（太刀打ちできる気がしない……でも、この状況で逃げるわけにはいかないよね）

「は、はい」

真冬は覚悟を決めて頷くと柊の表情が曇る。

「恭子さん、真冬に余計なことは――」

「もう、取って食うわけじゃないんだから心配しないで大丈夫よ。ほら会議始まっちゃうわ。あなたはさっさと行ってちょうだい」

恭子に促された柊は「本当に頼みますよ」と念を押してから、後ろ髪を引かれるように役員会議室に向かっていった。

姿が見えなくなると恭子は改めて真冬に向き直る。

「本当に久しぶりね。真冬ちゃん、元気そうでよかった」

その表情はこれまでの顔だけの笑顔とは違う、心からの微笑みに見えた。

8. 君以外いらない

衣を付けた海老をトレーに並べ、ラップをして冷蔵庫に入れる。

「下ごしらえはこれでＯＫと」

出来立てを食べてもらいたいから、柊が帰ってきたら揚げるつもりだ。海老フライに添えるキャベツも刻んだし、付け合わせのポテトサラダも味噌汁《みそしる》もできている。ご飯ももうすぐ炊ける頃だ。

仕事を終え、ひとり帰ってきたマンション。夕食の準備をあらかた終えた真冬はエプロンを外してダイニングの椅子に腰掛けた。

椅子に預けた体の重みで疲労を一気に自覚する。

「今日は色々なことがありすぎて疲れた……」

魂が抜けそうなほどの深い溜息《ためいき》をつきつつ、真冬はあの後のことを思い出す。

プロジェクトについてはなんの問題もなく決裁され、事業化が決まった。今後はＳＫテキスタイルと生産委託契約が結ばれ、パイロットプラントが工場内に作られることになる。

その一報を柊から電話で伝えられた時、真冬は心の底から安堵《あんど》した。

ただ、経営審議会の冒頭でメールの件の顚末《てんまつ》を説明した柊が、ついでに真冬が妻であることを公表し、社長まで上機嫌で認めたことにより、会議後の秘書室が再びカオスと化した。

『君が八雲専務の奥さんだったとはね。全然気づかなかったよ』
『そうか、君が！　これで八雲家も一安心だな』
『こんなかわいらしい秘書さんを奥さんにして、八雲の倅《せがれ》も隅におけんな』

顔を合わせたことのある常務や、普段は支社にいる専務クラスの役員、重鎮の相談役まで、代わる代わる秘書室を覗《のぞ》きに来て真冬を構うものだから、仕事ができたものではなかったのだ。

『真冬ちゃん、やじ馬たちが鬱陶しいから今日はもう帰っていいわよ。専務には私から伝えておくから』

見かねた悠里は時間休を取るようにすすめてくれた。他の同僚からも好奇に満ちた視線を受け続け、いたたまれなかった真冬はありがたく定時一時間前に帰宅させてもらった。

しかし悠里には帰り際『今度、ゆーっくり、たーっぷり話してもらうから覚悟しておいてね』と極太の釘《くぎ》を刺された。

とまあ、精神的に這《ほ》う這《ほ》うの体で帰ってきたのだ。

椅子に座ったまま脱力していると、テーブルの上に置いたスマートフォンが振動した。見ると柊からのメッセージが入っていた。

〝今から帰る〟

会社を出る前に送ってくれる一言だけのメッセージ。いつものことなのに、真冬の鼓動はトクンと跳ねた。

経営審議会の後、柊は社長との申し送りがあり戻ってこなかったので、電話での簡単な報告のみで直接顔は合わせていない。

「帰ってきたらなんて言おう。プロジェクトの件ありがとうございますとか、メールの件ごめんなさいとか、話したいことはいっぱいあるけど」

なによりも自分の想いをちゃんと伝えられるだろうか。いや、いくらなんでもいきなりはダメだ。腰を据えて話すには、まずは夕食を食べてもらってから。それともお風呂？

などとモダモダと考えること三十分、玄関のドアが開く音がした。

真冬は弾かれるように立ち上がり、パタパタと玄関に向かう。

そこには珍しく少し焦った様子で靴を脱ぐ柊がいた。彼の姿が目に入った途端、胸がいっぱいになり色々と考えていたことが吹き飛んだ。

「柊さん」

「真冬」

真冬が駆け寄るのと、柊が真冬を抱きよせるのは同時だった。

温かく逞《たくま》しい胸、もう慣れ親しんでしまった柊の香りに閉じ込められながら真冬は声を漏らす。

「柊さん、お帰りなさい」

「――ああ、ただいま」

「今日のこと、ご迷惑かけてすみません。それと本当にありがとうございました」

「ああ」

「それで、あの後お義母さまとお話しして、いろんなことを聞いて、あの、私、私……」

一番言いたかったことだけが、うまく出てきてくれない。せめて顔を見て話したいと思い、距離をとろうと身じろぐが真冬を捉える腕の力は弱まらないどころか、強くなっていく。

「柊さん？」

柊は真冬の後頭部を大きな掌で引き寄せ、頭ごと自分の肩口に押し付け、言葉を落とした。

「真冬、好きだ」

「……えっ」

息をのみ固まる真冬を抱き込んだまま柊は続ける。

「今日会社で言ったことは本心だ。俺はこれまでもこの先も、君以外の女性を妻にするつもりはない」

柊の想いが、耳と身体を通して伝わってくる。

そこで初めて柊は真冬を腕から解放し、視線を合わせてきた。

「愛してる。君が受け入れてくれるなら、どんなことがあっても守り続ける。これからもずっと俺の妻でいてくれないか」

「柊さん……」

怖いほど真剣でほんの少しだけ緊張が滲《にじ》む表情。愛しい人の顔をちゃんと見たいのに浮かんだ涙の膜が邪魔をして徐々にぼやけてしまう。

「……っ、柊さん。ずるい。私が先に言おうと思ってたのに……」

「そうだったのか?」

柊は真冬の頬に手を伸ばすと掌でそっと撫《な》でる。その優しさに、とうとう真冬の目からポロリと涙が零れ落ちた。

「私も好き。柊さんが好き……ずっと奥さんでいたいし、私も柊さんを守りたい」

真冬はポロポロと涙を流しながら、心からのわがままを言う。

「……ああ、よかった。ありがとう、真冬」

柊はホッとしたように目を細めると、両手で真冬の顔を包み親指で涙を拭ってくれる。

「実は母がなにか余計なことを言ったんじゃないかって焦ってた」

「余計なことなんて。でも、お義母さまはいろいろ教えてくださいました」

「そうか。だが俺からもちゃんと話をさせてくれ」

その前に一度だけ、と呟《つぶや》くと柊は両手を引き寄せ真冬の唇に柔らかくキスを落とした。

夕食を食べる前にお互い全部話してしまおうと決めたふたりは、玄関からリビングのソファーに移動した。

「まず、母がなにを話したか聞いてもいいか？」

「はい」

柊に軽く腰を抱かれながら、真冬は今日の恭子とのやりとりを話し出した。

『さっきの様子だとふたりは想いを通じ合わせたんでしょう？　だったらちょっとだけ話しちゃってもいいかしら。お嫁さんに嫌われたままじゃ辛いもの』

経営審議会中、特別応接室に通した恭子はガチガチに緊張する真冬を前に話し始めた。

その内容は驚くものばかりだった。

恭子が遠縁の娘を柊に娶《めと》らせようとしていたのも、会社の経営に口を出しているというのも、恭子の実子である弟を次期社長にしようと目論んでいるのも、事実ではなかった。

『柊さんにいろいろと縁談を勧めてはいたけど、純粋に親として心配だったのよ。元々仕事人間だけどあなたと離婚してからはサイボーグみたいに働いてるって聞いてね、そばで支えてくれる人が必要だと思ったのよ。全部断わられていたけど』

その柊から連絡が来たのが約三か月前。真冬と復縁したいから協力してくれと言ってきたらしい。

『だから、喜んで悪者を引き受けたわ』

『でも、私と復縁なんて八雲家としては避けたかったのではないでしょうか』

真冬の問いに恭子は、それはそうだったんだけどねと笑った。

『最初の結婚は亡き会長のやり方が強引だったでしょう？　だから、形だけ、短期間の結婚にするという柊さんの考えに賛成したの。でも、柳沢家はともかくあなたはいい子だと思ってたわ。なんせあのお義父さまがかわいがるくらいなんだから』

「……だからこそ、まだ学生だった私を親の勝手で結婚に縛ってはいけない。そう思ったとおっしゃってました」

真冬が恭子との会話を明かすと柊は少々バツが悪い顔になった。

「そうか、あらかた暴露されてしまったようだな」

「でもその後も、実家に資金援助を続けてくれたんですね。私と接触しないことを条件に」

「……それも母が？」

「いえ、先週弟に偶然会って聞きました」

浩太郎と会った話をすると柊は少し驚いたように目を見開いた。

「そうか、弟……ノーマークだったな」

「でも、事情はご両親も知っていたんですね」

真冬が資金援助の件を切り出し恭子に謝罪すると、彼女は最初から柊に報告されているし、真冬が気に病むことではないと言った。

『社内処理も正式にされている明るいお金だから問題ないって社長も容認してるわ。柊さんは〝祖父さんの遺言で離婚後も見守る義務がある〟って言ってたけど、本当のところはどうだったのかしらね？　そこは本人に聞いてみて』

　恭子はそう言って笑っていた。

「実は、約束を破って、義母が連絡を取ってきていたんです。私に縁談の話をするつもりだったようで」

「……なんだと？」

　途端に低くなった柊の声に真冬は焦る。

「ご、ごめんなさい。実家が騙《だま》すようなことをして」

「ああ、いや、君に怒っているわけではない。しかし縁談だと……？」

〝縁談〟がパワーワードだったらしく、柊は眉間に皺《しわ》を寄せてブツブツ言っている。

「柊さんは、私が実家から出たかったことを知っていたんですね」

「ああ、悪いが調べさせてもらい君の境遇を知った。君は独り立ちしたくて就職活動をしていたんだろう？　だからもう柳沢家に利用されないように少し動いた」

　少しどころではない。柊はかなりの対価を払って真冬を守ってくれていたのだ。本人には会うことなく、なにも告げずに……四年間も。

　真冬は溢《あふ》れ出る想いに声を震わせる。

「ありがとう、ございます。柊さんのおかげで私は自分の人生を、周りに助けられつつですが、生きてこれました」

「祖父は生前、生涯かけて君を守れと言った。俺はその言葉を都合よく利用したんだ。どんな形であれ君を守りたかったから」

真冬の腰に回る手に力が入った気がした。

「俺は最初の結婚の時から君を愛していた。だから君と再会した日、今度こそちゃんとした夫婦になりたいと思った」

「そうだったんですか？」

真冬にとって思いがけない告白だ。最初の結婚では彼から好意を受けた覚えがまったくなかったから。

（実家から私を守ってくれたのは柊さんの優しさで、好きになってくれたのは再会後だと思ってた。私が鈍かったの？）

目を瞬かす真冬を見て、柊は苦笑する。

「初夜に離婚届を突き付けた男が、って思うだろ？　信じられないのも無理はない。あんなこと言った手前、どんどん君に惹《ひ》かれていくのを自分で認められなかったし、自覚してもなにかと理由をつけて言い出さなかった」

情けなくて幻滅したか？　と、少し困ったような顔でこちらを見つめる柊。

でも、真冬の心を満たすのは純粋に嬉《うれ》しいという気持ちだけだった。

（情けないのは私の方だ。ここまで柊さんが話してくれたんだから、私もちゃんと伝えなきゃ）

真冬は膝に置いていた拳をギュッと握る。

「幻滅なんてしてないです。それに私、あの時柊さんが『自分の人生、自分で考えて決めないと後悔する』ってはっきり言ってくれたから目が覚めたんです。就職しようと思ったのもあれがきっかけでした」

真冬の話を柊は黙って聞いてくれている。

「本当は今日、早々に離婚届を出しませんかとお話しするつもりでした。私が柊さんと再婚したなんて知ったら両親はなにをするかわからないと思ったから……でも」

今日秘書室で自分たちが夫婦だと言い切った柊の嘘《うそ》のない瞳、そして恭子との会話が希望をくれた。柊の妻でいたいと願う勇気も。

「やっぱり諦めたくないんです。実家のことは迷惑をおかけしないようになんとかします。妻として未熟かもしれませんが、一緒にいたいんです。柊さんを愛してるから」

「真冬……」

精いっぱいの想いを伝えると、柊はわずかに目を瞬かせた後、ホッとしたように顔を綻ばせた。

心から嬉しそうな表情に真冬が胸をドキドキさせていると、柊はゆっくり覆いかぶさってきた。

「ん……」

ふたりの唇が柔らかく重なる。真冬は優しいキスを泣きたくなるくらい幸せな気持ちで受け入れた。

「当たり前だ。俺は君以外いらない」

柊が鼻先で囁《ささや》く。

「これからも、妻としてよろしくお願いします」

心からの気持ちを返した真冬は彼から顔を離し、ソファーの上で脱力する。

「どうした？」

「この先、柊さんとずっと夫婦でいられると思ったら安心してしまって」

これまで二回の結婚生活は、どちらも常に気を張って過ごしていた気がする。誰かを欺くための仮初の結婚で、親族以外秘密だったからだ。

でもこれからは違う。普通の愛し合う夫婦として暮らしていけるのだ。

「正真正銘〝八雲真冬〟になれて幸せだなって……ちょっと、大げさでしたね」

話しているうちに照れくさくなり、頬を熱くしながら上目づかいで彼を見ると、柊の喉がグッと鳴った。

「くそ、凶悪なくらいかわいいな」

「え？　――わっ！」

柊は小さく吐き捨てると、真冬の肩に手を回し再び覆いかぶさってくる。体勢を変えられ、気づくとソファーの上で組み敷かれていた。

「一生安心していい。俺は真冬を妻として死ぬまで大切にするつもりだ」

再び落ちてきた口づけはあっという間に深くなり、柊の肉厚な舌が真冬の舌に絡む。

「……ん、ふぁ、しゅうさ、待って」

（まさかここでこのまま？）

これは、間違いなくこのままそういうことをする流れだ。

「ご飯がまだだし、お風呂もっ……」

いろいろダメだと思い、息継ぎの合間に訴えるが柊は止まらない。濃厚なキスを続けながら大きな掌で真冬の腰のラインを上下になぞる。

それだけで彼に慣らされた身体は反応し、お腹の奥からジワリとした熱が生まれ抵抗できなくなってしまうから情けない。

「ん……ふぅ」

柊の手がブラウスを摑《つか》んだ。

「海老フライがぁ……」

涙目になりながら形だけの抵抗をすると、柊は身体を起こし口の端を上げた。

「すまない。妻と気持ちが通じて嬉しくて浮かれきっている困った夫だと許してくれ。夕食の準備は一緒にしよう……終わった後にね」

「で……でも……あっ」

シュルッという音と共にスカートからブラウスの裾が引き抜かれたと思うと、背中に回わった手が下着のホックに掛かる。

「今止められたら、君が夕食作っている間に襲うぞ。新妻のエプロン姿なんて我慢できるわけない」

「うぅ……やっぱり柊さん、スケベです」

「ああ、スケベ上等だ」

結局寝室に連れ込まれ、ベッドの上でじっくり夫に堪能されてしまった。でもそれが幸せだったのは自分もきっと浮かれ切っていたから。

夕食は深夜に食べることになってしまったが、ふたりで笑いながら食べた海老フライは今まで食べた中で一番おいしく感じた。

エピローグ

約一か月後、十月下旬の土曜の昼下がり、柊は真冬を連れて青山にある霊園を訪れていた。

「都会の真ん中にこんな静かな場所があるなんてちょっと意外です」

オリーブグリーンの上品なワンピースに薄手のジャケットを羽織った真冬は「空気が綺《き》麗《れい》な気がします」と感心したように周囲を見回している。

高層ビルが間近に見える都内一等地の高台。公園にもなっているこの霊園はその立地を忘れるほど樹木が生い茂り静かな雰囲気に包まれている。

「紅葉には少し早かったようだが清々しいな。ここは春には桜の名所にもなる。その頃にもまた来てみようか」

柊が手を引きながら声をかけると真冬はこちらを見上げて「はい」と微笑んだ。

その笑顔を見て、柊は妻が自分の隣で穏やかに過ごしてくれることに心から安堵《あんど》した。

『実家のことは私自身でキッチリとけじめをつけます。ひとりで大丈夫です』

真冬が実家に行くと言い出したのは、ふたりが想いを通わせてすぐだった。

妻を頼もしく思いつつ、あの家にひとりで行かせる選択肢はなかったので、なんとか説き伏せ同行した。

柊を伴って現れた真冬に柳沢夫妻は衝撃を受けたようで、明らかに狼狽《うろた》えていた。無理もない、私欲で利用していた両者が同時に現れたのだから。

そこで真冬は両親に柊と再婚したことを話し、きっぱり告げた。

『最初に柊さんとの約束を破ったのはそちらです。資金援助は即刻止めてもらいますし、今後どんなに頼まれても私はあなた方の言いなりにはなりません』

今までにない毅然《きぜん》とした態度の真冬に激高した義母は金切り声をあげた。

『なによ、愛人の娘のくせに、育ててあげたのは誰だと思っているの⁉』

『育てていただいたことには感謝しています。でも、もうこの家での私の役割は終わったと思っています』

対照的に真冬は静かに、淡々と言葉を連ねていく。そしてずっと黙っていた父親に視線をやった。

『お父さん、ひとつだけ教えてください、私の母はあなたが既婚者であると知った上で関係をもったのでしょうか』

まさかここでそんなことを聞かれると思っていなかったのだろう。真冬の父は目を見開いて驚いた。

『……なぜそんなことを急に』

『知りたいんです。せめて最後に父親として答えてください。母は、本当にあなたの〝愛人〟だったんですか？』

真冬はずっと疑問を持っていたのかもしれない。自分の母親が既婚者と知りながら関係を持つような女性だったのだろうかと。

娘に真っすぐに問われた真冬の父は、しばらく沈黙した後、脱力して認めた。

『愛人、ではない。私は仕事で出会った美しい彼女にどうしようもなく惹《ひ》かれ、自分が結婚しているのを隠して彼女に近づき交際を続けたんだ。彼女が騙《だま》されていたことに気づいたのは、真冬ができてからのはずだ……すまなかった』

『な……っ、そんな』

〝愛人の娘〟を理由にさんざん真冬を蔑んできた義母は夫の告白に口をあんぐりと開け、その後なにも言えなくなっていた。

(たとえ愛人だったとしても真冬にはなんの罪もないし、罪は両親に平等にあったはずなのに)

気が弱そうな面差しをした真冬の父は、顔立ちは真冬に全く似ていない。自分の卑劣な行為を隠し続け妻の言いなりになり、無関心という逃げで実の娘である真冬を守らなかった男を柊は一生許せないし、理解もできないだろう。

父から真実を聞いた真冬は最後の荷物を降ろしたかのようにホッとした表情を柊に向け

た。

『もう、これでいいです……これで十分』

結局、柊の出る幕はそれほどなかったのだが、しっかり釘《くぎ》は刺しておいた。

『真冬の望みは八雲家の意向だと思ってください。彼女の言う通り、資金援助は止め今後柳沢家との縁は一切持ちません。この先、妻の心を少しでも乱すようなことをしたらそれなりの対応を取ります——必ず』

真冬の両親は言い返すこともできずただ憔悴《しょうすい》していた。

今後柳沢家がどうなるかはわからない。父親には経営の才能はないようだから、遅かれ早かれ事業は大幅に縮小されるか、他の企業に吸収合併されるだろう。

(浩太郎も継ぐ意思が全くないようだしな)

真冬は弟の浩太郎にも事情を話したいと言ったので、一度三人で食事をした。

顛末《てんまつ》を話すと彼は言葉を失うくらい驚いていたが『そっか、姉さん、よかった……八雲さん、本当にありがとうございます』と泣きそうな顔で笑っていた。弟が味方でいてくれたことは家庭内で孤立していた真冬にとってなによりの慰めになっただろう。

浩太郎は現在理系最高峰の大学を目指して猛勉強中らしい。将来研究職に就きたいと言っていたから八雲ケミカルで受け入れるのもいいだろう。なんせ、うちには素材開発事業部に優秀な研究者がいる。ちょっと変わっているからお手本になるかはわからないが。

木漏れ日の下を歩きながら真冬は思い出したように話し出した。

「そういえば、あのメール騒動のことで池端さんにお礼を言った時『柳沢さんになにかあったら悠里が悲しむからね』って笑ってたんです。池端さんってもしかして悠里さんのこと、好きだったりして」

「そうかもしれないな」

柊は大木の向こうに見える高層ビルに視線をやりながら頷《うなず》いた。

研究が最優先でマイペース、興味があることにしか動こうとしない池端がメール騒動の時、あそこまで積極的に解決に関与したのは間接的にでも悠里を悲しませたくなかったからだろう。

おかげで門脇と筑紫梨絵の罪も不倫関係も明るみになった。門脇は降格させ地方の関係会社への出向を言い渡し、梨絵はさっさと退職していった。今は鳥取の実家に戻されているという。

「そっかぁ、今度悠里さんと女子会するので、悠里さんにそれとなく聞いてみます。いつも池端さんに髪を切れとか、栄養のあるもの取りなさいとか気にしてましたから、まんざらじゃないかも」

「ああ、そうだな」

柊はワクワクしている様子の真冬に目を細めながら思った。

（悠里だって、どうでもいい男をあんなに気にしないし、世話も焼かない）

大人になると自分の気持ちに鈍感になることもあるのだ。

もし池端や悠里にいい加減素直になれと言ったら、お前にだけは言われたくないと呆《あき》れられるかもしれないが。

「池端さんもおっしゃってましたが、あの時の柊さん、秘書室が凍り付くくらい怖かったです。すごく怒っていたんですね」

柊はメールを見た時のことを思い出し、眉を寄せる。

「ああ、許せなかった。君が白川社長と恋愛関係？　冗談じゃない」

「え、柊さんが怒っていたの情報流出じゃなくてそっちだったんですか？」

真冬は目をパチクリさせている。

たしかにあのメールを見た瞬間頭に血が上った。真冬に悪意が向けられていることが許しがたかったのはもちろんだが、自分以外の男が真冬と恋愛関係と認識されるなんて一瞬でも耐えられなかった。

だから即刻犯人特定に動き、あの場で自分たちの関係を公にしたのだ。本当は先に彼女に想いを伝えてからにするつもりが、予定が変わってしまった。

真冬も自分に想いを寄せてくれていたからよかったものの、私情を挟みまくって冷静さを欠いてしまった。

（俺は本当に真冬が絡むと気持ちが制御できなくなるな。まあ真冬を妻だと公表したから彼女をＳＫテキスタイルに返すことができたんだが）

真冬は予定通り九月末に八雲ケミカルへの出向を終え、ＳＫテキスタイルに戻っている。

そうさせるつもりだったとはいえ、いざとなると彼女を手元から離したくなくなった。

だが真冬に『約束は約束ですし、今度はＳＫテキスタイル側から新事業のお手伝いをさせてください』と言われれば、柊も否とは言えなかった。

八雲ケミカルの次期経営者の妻が外部会社で一般職として働くことは現実的とは言えない。

それは真冬も承知しているから、この事業がひと段落したらＳＫテキスタイルを退職するつもりでいるらしい。

それならと、真冬を戻す前に彼女と共に白川の元を訪れ、自分たちの結婚を報告した。

そう、思いきりけん制したのだ。

さすがの白川も衝撃を受けたのか最初は言葉を失っていた。

『そうか……そうだったのか……僕の真冬ちゃんが人妻に……』

『あ、あの黙っていてすみませんでした。いろいろあって説明が難しいんですけど。お仕事はがんばりますので、引き続きよろしくお願いします』

申し訳なさそうな真冬の横で柊は笑顔を浮かべた。

『そういうことなので白川社長、妻のことをしばらくはよろしくお願いします』

〝僕の〟でもないし、その〝真冬ちゃん〟呼びも止めてもらいたいと言いたかったが、己の心の狭さを露呈したくなくてグッと我慢した。

『そうか……真冬ちゃん、幸せ？』

そう白川に問われた真冬は少し照れつつも『はい、幸せです』と笑顔で答えていた。

『君が幸せならそれでいい……おめでとう』

目尻を下げる白川の顔に一瞬切なさが浮かんだことは、柊しか気づかなかったはずだ。


「お祖父さま、ずっと会いに来れなくてごめんなさい」

祖父の眠る八雲家代々の墓前に立つと真冬は静かに声をかけた。

庵治石《あじいし》の墓石に花を手向け、線香に火をつけるとふたり並んでしゃがみ、手を合わせた。

柊が立ち上がっても、真冬はしばらくじっと目を閉じていた。

「ずいぶん長い間話をしていたんだな」

合わせていた手を解き立ち上がる真冬に手を差し伸べる。

「はい、前に嘘《うそ》をついてしまったことを謝って、でももう一度柊さんと結婚して今度はちゃんと夫婦になれましたって報告していました。私たちを会わせてくれてありがとうございましたってお礼も」

「そうか。君なら祖父さんも許してくれてる。俺には〝まったく面倒な孫だな〟と呆れているると思うが」

「きっと、私にも呆れてますよ。ふたりそろって遠回りしすぎだって」

「いや、君は俺なんかより気に入られていたから」

祖父だけではない。真冬はすっかり母、そして父にも受け入れられているし、弟も懐いているようだ。

特に母は秘書室で梨絵に啖呵《たんか》を切った姿を見て『真冬ちゃんてかわいいだけじゃなくて、かっこいいのね』とすっかり気に入ってしまった。たしかに柊もあの凛《りん》とした姿には惚《ほ》れ直したが。

母は自分を飛び越えて真冬に連絡をしてくるし、女同士で出かけようとしている。真冬は『優しくしていただいて嬉しいです』と純粋に喜んでいるが、あの様子だと来春に予定している結婚式にもいろいろ口を出してきそうだ。真冬が疲れてしまうから、あまり構いすぎないように言っておこう。

(まったく君は行く先々で擁護者を増やしていくな。もちろんいいことではあるが)

誰よりも自分が妻を守るつもりでいる柊としては、どうも焦ってしまうのだ。

隣に立つ真冬の左手の薬指には自分とお揃《そろ》いのプラチナの指輪が光っている。最初の結婚の時に祖父の前でつける〝道具〟として用意したものだ。

離婚するときに真冬が置いていったので、柊は自分のものと一緒に大切に保管していた。新しいものを購入するつもりでいたのだが、真冬がどうしてもこれがいいと言った。

『あの出会いと結婚が、今の私の幸せにつながっているから、この指輪を大事に、一生身に付けていたいんです』

(真冬のあういうところ、それこそ一生かなう気がしないな)

妻の白く細い指先を軽く握ると、口から自然と言葉が落ちた。

「真冬、愛してる」

「しゅ……っ」

ついでに額に口付けると不意打ちだったのか、真冬は一瞬で真っ赤になる。そうやって恥ずかしがる顔もやはりかわいくてたまらないと言ったら、もっと困らせてしまうだろうか。

「お、お祖父さまの前ですよ」

「いいんじゃないか？　仲がいいほうが祖父さんも安心する。もうパフォーマンスじゃないけどな……そうだ真冬」

柊は祖父の眠る墓に視線をやってから、もう一度真冬を見つめる。

「将来、俺たちに子どもが生まれたら、男でも女でも季節の〝冬〟という文字を入れた名前にしたいと思っているんだが、どうだろう」

真冬は柊の言葉に目を瞬かせてから、柔らかく破顔した。

「素敵ですね、柊さんと私、両方の名前にある文字ですから」

（……ああ、この笑顔だ。これを守るためなら俺はなんでもする）

花が咲いたような笑顔を前に、柊は自分が切ないほどの幸福を手に入れたことを知る。

これから何度も季節が巡り、自分たちの出会いと再会を懐かしく思う時がきても、真冬への愛は変わることはないだろう。

——だから、見守っていてください。

澄んだ秋空の下、柊は心からの笑顔を返し妻の黒髪をそっと撫《な》でた。

番外編　心の狭いキューピッド

「真冬ちゃん、毎週付き合わせて悪いわね」

休日である土曜。悠里にショッピングに誘われた真冬は昼過ぎから日比谷を訪れ、夕方から商業施設内にあるレストランで夕食をとっていた。

このピザダイニングは自家製のフレッシュチーズが売りらしく、真冬たちが食べているマルゲリータにもモッツァレラチーズがたっぷりと乗せられていて濃厚な味がシンプルなトマトソースの酸味とよく合っている。

「いいえ、私も悠里さんとお出かけするの楽しいですから」

熱々のピザを口に運びながら真冬が顔を綻ばせていると、悠里はビアグラスを置く。

「でも、新婚早々奥さん連れ回して柊がヘソ曲げてない？」

「あはは、柊さんがヘソ曲げるなんてないですよ。それに新婚といっても結婚してから一年近くたってますし」

真冬が柊と再会してからそろそろ一年、そして結婚式を挙げて三か月経っていた。

ふたりの結婚式と披露宴は都内の由緒正しいホテルで行われた。

柊は『大げさなのは好きじゃない』と招待客を絞ったものの、八雲家の跡取り息子の結婚だ。結局大規模なものになった。

柊が仰々しくしたがらなかったのは真冬への配慮があったのかもしれない。

実家の両親は形式上招待はしたが、体調不良を理由に辞退してきた。

八雲からの資金援助を打ち切られ、真冬を利用しようとした目論見が外れた柳沢不動産はすぐに経営不振に陥り、つい最近買収されることが決まったそうだ。今は両親とも気が抜けたようになっているらしい。

柳沢側の親族の出席者は浩太郎だけだったが、真冬はそれで十分だった。

浩太郎は目標の大学に無事合格し、今は柳沢家を出て独り暮らしをしている。たまに顔を見せにマンションにきてくれるが、バイトと勉強の両立は大変だとぼやきつつその顔はいつも明るい。

真冬が回想していると、悠里もピザに手を伸ばしながら言った。

「そっか、真冬ちゃんウチにいた時から柊と結婚してたんだったわ」

悠里には、真冬の生い立ちや柊と再婚することになった経緯を説明してある。

話を聞いた彼女は驚きはしたが大げさに同情することもなく、今も柊の妻というより友人として接してくれている。真冬はそれがとても嬉しかった。

真冬が八雲ケミカルを去った後、柊の専属秘書はいない。身の回りのことは悠里がフォローしているというが、元から自分のことは自分でしているから、それほど手はかかっていないらしい。

「でも、休みの日くらい奥さんとゆっくりしたいんじゃないかな。誘った私が言うのもなんだけど」

悠里は綺麗《きれい》な顔をにんまりさせた。

「ずっと家を空けているわけではないので大丈夫ですよ。今日も快く送り出してくれましたし」

夫婦生活は平和で順調だ。今もSKテキスタイルでの仕事を続けている真冬に柊は優しく、夫としての気遣いを欠かさない。

こうして悠里と会うのは三週連続なのだが、今日も出かけるときに『楽しんでおいで。帰りは迎えに行く』と笑顔で見送ってくれた。

真冬も悠里と出かけるのは楽しいので喜んで出かけるのだが、悠里がこうも頻繁に誘ってくるのは自分を気に入ってくれている以外に理由があるのだ。

「池端さんとは相変わらずなんですか？」

少し酒が進んできたところで真冬がやんわりと切り込むと、悠里は少し目を瞬かせ溜息《ためいき》をついた。

「……うん、そうね」

悠里が池端への想いに気づいたのは柊と真冬の結婚式がきっかけだったらしい。

結婚式の少し前、悠里は身なりに無頓着な池端を『もっさりしたまま出席したら失礼よ』と、街に連れ出した。髪を切り眼鏡もすっきりしたタイプに新調、スーツも体に合ったものを作らせた。結果、とんでもないイケメンが爆誕してしまったのだ。

真冬も結婚式でお祝いの言葉をかけてくれた知的な長身男性が池端だとは、言われるまで気づけなかった。

それから彼は身なりに気を使うようになり、社内の女子が目の色を変えて群がるようになったという。社内でも抜きんでて優秀な研究者、開発系最年少の室長、加えて見た目でいいとなればターゲットになるのも無理はない。

悠里は女子に言い寄られている池端にもやもやし、彼への恋心を自覚したそうだ。

真冬はちょうどいい相談相手、というか気持ちを吐き出す相手なのだろう。悠里はこうして呼び出しては思いのたけを話すのだ。

「よく、総務の女の子たちに囲まれているのを見るわ」

物理的にも精神的にもこれまでのように気軽に話すことができなくなっているという。

「こうなったら思いきって気持ちを池端さんに伝えたらどうでしょう」

「わかってるのよ。ちゃんと伝えた方がすっきりするって……でも、ああいうかわいい子たちを前にすると、私なんてって思っちゃうのよ。仕事ばっかりしてしばらく恋愛から遠ざかってたから、どうしたらいいかわからない……」

溜息をついて萎れる悠里。普段は背筋が伸び、自信に溢《あふ》れている彼女をこんなに乙女にしてしまうなんて、恋の力はすごい。

「ごめんね、めんどくさい話聞かせちゃって」

「いえ、そんなことないですよ」

（失礼かもしれないけど、悠里さんがものすごくかわいい……！）

心の中で悶《もだ》えながら思う。真冬の勘が外れていなければ、池端も悠里に想いを寄せている。彼のことだ。きっと自分に群がる女子には興味がないから顔も名前も覚えていないはずだ。

それを無責任に伝えるのも違う気がして、真冬がどうしたものかと目の前でワインを呷る悠里を見ていると、スマートフォンが小さく震える。見ると柊からで『いい頃合で迎えに行く』とメッセージが入っていた。

ちょうどいい。悠里はいつもより酔ってしまっているようだから、車に乗せて家まで送っていこうと考えた真冬は、柊にその旨を店の場所と共に伝えた。

その後もしばらく悠里と食事を続けた。

「いきなり告白はハードルが高いからまずは休日一緒に出かけてみるとか」

「あいつ、大概土日もラボに籠ってるし、たしか今日も目が離せない実験があるから泊まり込んでるはず。邪魔したくないし、誘っても来ないわよ」

「……そうですか」

かなり拗《こじ》れているらしい大人の恋愛を前に、大した経験もない自分が偉そうに助言できることなどない気がしてきた。

（柊さんに相談したら『いい大人なんだから放っておけ』と言われるかな）

その柊が店に入ってきたのは、デザートのジェラートを食べ終え、席を立とうとしている時だった。

「あ、柊さん」

真冬が声をかけると柊は表情を柔らかくし、テーブルの上の伝票を持ち去り会計を済ませてしまう。

「柊さん、お会計させてしまってすみません」

「気にしなくていい。うまかったか？」

「はい、とても」

エレベーターホールの方へ三人連れ立って歩く。悠里の足取りはしっかりしているものの念のため真冬は彼女をサポートするように横に並んだ。

「まーすてきっ、真冬ちゃんの旦那さまって太っ腹なのね！」

悠里が茶化しながら真冬にしなだれかかると柊は苦々しい顔になる。

「悠里、酔って真冬に絡むな」

「絡んでないわよ。あんたは余裕でいーわね。かわいい真冬ちゃんと毎日ラブラブで幸せなんでしょ」

「ああ、幸せだな」

「しゅ、柊さん……」

当たり前のように答える柊に頬を熱くする真冬。

「はいはい、ごちそーさま」

悠里が半目で言うと、柊は呆《あき》れた声を出した。

「悠里がそうやってヘソを曲げているのは池端に懐かれなくなったからか？　最近あいつは女性社員に人気があるからな。ああ、そういえば昨日も受付業務の女性社員に熱心に昼食に誘われていたな」

「え……」

悠里の顔に影が差す。

（柊さん柊さん、わざわざ煽《あお》るようなことを言わなくても……！）

「でもっ、誘われただけで行ったかはわからないですよね」

慌ててフォローする真冬に構わず柊はさらに続けた。

「どうだろうな。だいたい悠里は今まであいつのこと研究バカだ、世話が焼けてしょうがないと呆れていただろう。それなのにちょっと見た目がよくなっただけで露骨に態度を変えるのか」

「しゅ、柊さん？」

真冬が柊のきつい言い方に目を瞬かせていると、悠里はピタリと立ち止まった。

「その辺の子と一緒にしないで。私、見た目で池端を好きになったわけじゃないわ。ひとつのことを突き詰められる才能がある彼が元々好きなの！」

人気のないエレベーターホールにはっきりと声が響き、静まった。

「悠里さん……」

（悠里さんのこの気持ち、池端さんが知ったらきっと嬉《うれ》しいはずなのに……）

すると柊はふうと息をつき、無言で悠里と真冬の後方に視線をやった。つられて後ろを振り返った悠里は唖然《あぜん》とした声を零す。

「……池端」

少し離れた場所に困ったような笑みを浮かべた池端が立っている。シンプルなブルーのワイシャツに黒いパンツを合わせた姿は相変わらずスマートに見えた。

（なんで池端さんがここに？　今の悠里さんの声、聞かれたよね）

「言い忘れていたが、悠里の迎えには池端を呼んでおいた」

「え、まって、柊、どういうこと？　迎えって、だって今日池端はラボに泊まり込みだって……」

淡々とした柊に反して悠里は目に見えて慌てだす。

「『従姉が酔っぱらって妻を困らせてるんだ、悪いが引き取ってもらえないか』と連絡したらすぐに承諾したぞ」

「え……」

（あのマイペースで研究優先の池端さんが、そんな冗談みたいな呼び出しですぐにラボから出てくるなんて）

彼の性格を考えたらありえない。それこそよほど大切な人のためでなければ。

「そんな、こと……」

真冬と同じことを思ったのだろう。ただでさえアルコールで赤かった悠里の顔がみるみるリンゴのように色づいていき、彼女はそれを隠すように俯《うつむ》いてしまう。

するとと池端はゆっくりこちらに近づき悠里の前に立つ。いつもの飄々《ひょうひょう》とした雰囲気の中に、若干の緊張が見て取れた。

「見た目を気にするようになったのは、君に『そんなんじゃモテないわよ』って言われたからなんだ」

池端が口を開くと悠里はためらいがちに顔を上げる。

「池端……」

「いい年して僕、モテたくなったんだよね。悠里に……というか悠里だけに、かな」

「……見た目がかっこよくなくたって、私には十分モテてたわよ」

悠里の出した声は小さかったが、はっきりしていた。

「そっかぁ、じゃあこれからも僕の一番近くでボサッとするなって怒ってくれる？」

池端がふわりと笑うと悠里は赤い顔のままコクリとうなずいた。

（悠里さん、よかった……！）

真冬が胸の前で手を組みながらふたりのやりとりに感動していると、ふいに柊に腰を引き寄せられる。

「じゃあ俺たちは帰る。池端、悠里を頼む。せっかくだからふたりで軽く飲んで行ったらどうだ。このビルの最上階にバーがあったはずだ」

するとと池端は悠里の背に手を添えて微笑む。

「いいね悠里、行こうか」

「……そうね」

やがて上りのエレベーターが到着し、悠里と池端が乗り込むのを見送る。

「八雲夫妻にはいろいろ面倒をかけたようだね」

池端が申し訳なさそうな顔をすると柊は口の端を上げた。

「まったく面倒だったたな」

「いえ、そんなこと……悠里さん、またゆっくりお話ししましょうね」

「うん、真冬ちゃんありがとう……柊も」

真冬が声をかけると、悠里も照れた顔で笑い返してくれた。

エレベーターの扉が閉まる瞬間、池端が悠里の手を握ったのを真冬は見逃さなかった。

「柊さんはふたりのキューピッド役を買って出たんですね！」

悠里と池端が両想いになったのが嬉しくてしかたない真冬は、柊が運転する車の助手席で興奮に声を弾ませた。

池端を呼んだのは悠里と話をさせるためだったたし、池端が近くにいたのに気づき、悠里の本音を引き出すためにきつい言葉でわざと煽ったのだろう。

「きっかけを作っただけだ。お互い変に遠慮してただろう。いい大人がなにやってるんだと思ったし、いつまでもあのままぐずぐずされるのも迷惑だ」

ハンドルを握りながらつまらなそうな声を出しているが、柊は従姉と同期のためにひと肌脱いだのだ。

「ふふ、すぐに結婚までいっちゃったりして」

「池端は気に入ったものはとことん大切にするタイプだからありえるな」

「そうなったらいいなぁ」

気が早いが今から結婚式に出席するのが楽しみだ。

そんな話をしながら車は麻布十番の自宅マンションに到着する。

「ただいまー」

真冬は上機嫌のまま玄関ドアを開け、リビングに向かう。

この家にはハンドメイドのアイテムが徐々に増えている。壁にかかったファブリックパネルやテーブルセンターも真冬が作ったものだ。この高級な部屋の雰囲気に違和感なく調和させるのが難しいが布選びから楽しんでいる。

リビングにバッグを置いた真冬は、フォトフレームが飾られているキャビネットに近づく。白いシンプルなフレームには砂浜でウエディングドレスを身にまとった真冬をタキシード姿の柊が抱き上げる写真がおさまっている。

これは結婚式の翌日から向かった新婚旅行先のバリ島でのウエディングフォトで、柊からのサプライズだった。

柊は宿泊先のホテル内のチャペルを一日貸し切りにし、真冬に好きなドレスを選ばせた。ヘアメイクからカメラマンまですべて手配済みだった。

東京での結婚式は神前で白無垢《しろむく》、披露宴でウエディングドレスを着た。たくさんの人に祝ってもらいもちろん嬉しかったのだが、とにかく緊張したまま終わってしまった。

柊はそうなることを見越して、真冬が結婚式を楽しめるシチュエーションを手配してくれていたのだろう。

恐縮する真冬に柊は事もなげに言った。

『俺たちは二回結婚してるんだから、結婚式が二回あったって構わないだろう？』

ものすごく驚いたし申し訳ないと思ったが、彼の気持ちが嬉しくないわけはなかった。

晴天の下オーシャンフロントに佇《たたず》むチャペルで挙げたふたりだけの結婚式は心からリラックスできた。その証拠に写真の中の自分は晴れやかな笑顔で夫を見つめている。そして柊も。

（本当に嬉しくて、幸せだったな……幸せなのは今もだけど）

真冬が写真に目を細めていると背後に立った柊にふわりと抱きしめられる。

「柊さん？」

「しばらくは悠里にじゃまされずに君と過ごせるな」

頭の上で柊が意外なことを言う。彼の腕にすっぽり包まれながら真冬は首を傾げた。

「どういうことですか？」

「最近はせっかくの君との休日を悠里に取られて、ふたりでゆっくり過ごせなかっただろう。池端とくっつけてしまえば悠里もあいつの相手で忙しくなるはずだ」

「ふふ、そんな冗談」

いつも余裕の態度で真冬を気遣ってくれる柊がそんな風に思うなんて考えられない。

「悠里と会うな、なんて言ったら君に心の狭い夫だと思われてしまうだろう？」

からかうような軽い声色にやっぱり冗談だと思った真冬は、柊の腕にそっと手を重ね小さく笑う。

「心が狭いとか、柊さんに思ったこと一度もないですよ」

「どうかな、今日も寂しくて拗《す》ねていたかもしれないぞ。君がいないと子作りもままならないし」

「子づっ……」

突然出てきた少々なまめかしい単語に真冬の頬が熱くなる。

「そろそろ作ろうかって話しただろう？」

「そう……ですけど」

ふたりで話し合い子どもを持とうと決めたのは半月ほど前のことだった。

『八雲の跡取りとかそういうことは気負わなくていい。授からなかったらそれでもいい。

ただ単純に君との子どもがいたら楽しいだろうなと思ったんだ』

そう言われ、真冬はただただ嬉しかった。

自分の生い立ちはあまり幸せではなかったが、亡くなった母と祖父の優しさや愛情は覚えている。両親揃《そろ》った温かい家庭に縁はなかったけれど、柊とならきっとそれが作れると思った。

しかし後ろから抱き込まれた状況で〝子作り〟などと言われるとなんだか恥ずかしい。

「ままならなく……はないですよね、昨日もそのようなことを存分に……」

真冬は羞恥を誤魔化すようにもごもご声を出す。

昨晩は『明日は休みだから一緒に入ろう』と、ちょっとよくわからない理由で風呂に誘われた。当然普通に入るだけでは終わらず、バスルームとベッドで存分に夫の愛を受けることになった。

「俺は何回だって君を抱きたいんだよ……正直子作りは口実」

「ん……」

柊は真冬の髪をよけ項に唇を寄せると、色気を滲《にじ》ませた声で囁《ささや》いてくる。

それだけで身体が熱を持ち始めてしまうのだから、自分も大概夫に敏感に反応するようになってしまった。いや、されてしまったと言うべきか。

「心の狭い夫を慰めてくれるか？」

耳の縁を指先でなぞられると、全身に甘い痺《しび》れが走る。

余裕たっぷりの態度にほんの少しだけ悔しくなった真冬は体を捻って柊に向ける。

「……も、もう、しかたのない旦那さまですね。慰めてあげます」

真冬は両腕を伸ばし柊の首に回すと、そのまま背伸びをして唇に触れるだけのキスをした。肌を重ねるようになってから一年経つというのに、自分からするのは初めてかもしれない。

顔を離すと柊は驚いたような顔でこちらを見たまま固まっていた。

「え、あの」

(しまった、慣れないことして引かれた……！)

変ないたずら心を出すんじゃなかったと羞恥でいっぱいになっていると、いきなり浮遊感を覚え視界が変わった。

「ふぁっ？」

気づくと柊に軽々と抱き上げられていた。

慌ててしがみつくが、柊は無言のままずんずん寝室に進みあっという間にベッドに横たえられてしまった。

「慰めるどころか、煽るなんて悪い奥さんだ」

ベッドに乗り上げてきた柊に唇を塞がれる。

性急なキスは先ほどとは比べ物にならないくらい深く熱い。

「あっ……しゅうさ……」

どうやら柊は真冬の拙いキスで煽られてくれたらしい。

唇を割って差し入れられる舌も吐息もいつもより熱く感じ、応える真冬の声もあっという間に甘くなる。

「ん……ふぁ……」

やがて柊は名残惜しげに唇を離し、耳元で吐息交じりの声を出した。

「真冬、愛してる……一生離さない」

「私も……愛してます」

服を乱され、首筋を下りていく唇の感覚を追いながら真冬は思った。もしかしたら悠里と池端の結婚式には大きなおなかで出席することになるのではと。

でも、そうなったらこの上なく幸せだ。

柊の情熱的な愛撫《あいぶ》に翻弄され何度も身体を繋《つな》げたこの夜、真冬は彼の腕の中で夢を見た。

明るい光が差し込むリビングで、真冬はミシンを動かしている。

軽快な音と共に針の下をすべっていくのは赤いチェック柄のキルティング。手提げバッグかなにかを作っているようだ。

ふと手を止め顔を上げると、五歳くらいの小さな女の子が好奇心いっぱいのキラキラとした目でこちらを見ていた。

色が白く顔立ちはとても整っていて、お人形のようにかわいらしい。その子を膝に乗せて笑顔を浮かべているのは最愛の夫だった。

「もうすぐできあがるからね」

真冬は愛する家族に柔らかく笑いかけるのだった。

あとがき

はじめまして。森野りもと申します。この度は本作をお手に取っていただき誠にありがとうございました。少しでも楽しんでもらえていたら嬉しいです！

こちらは「第16回らぶドロップス恋愛小説コンテスト」で竹書房賞をいただいた作品を改稿、書下ろしの番外編を加えたものです。このような形で出版していただけて本当に幸せです。

コンテストに挑戦してみよう！と思いたったものの、普段大人の恋愛を書いてはいてもしっかりRな表現が必要になるTLは初めてだった私は、ソレとかコレをどこまでアレするべきか……と、手探りで書いていったのを覚えております。

チルい音楽が流れるオシャレなコーヒーショップでヒロインが温泉で責め立てられるシーンを仕上げたのも、締め切り前日にパソコンから半日分の作業データが飛び絶望したのもいい思い出（？）です。

大好物である「ヒロインが好きすぎて内心うだうだ悶えているイケメン」を思う存分書けたので自己満足していたのですが、受賞のご連絡を頂いた時は小躍りするほど嬉しかったです。

このお話は「仮初の再婚」と「オフィスラブ」がテーマになっております。

ヒロイン真冬は辛い生い立ちながら、柊との結婚をきっかけに自分の意志でしっかり歩けるようになります。根が素直で真面目なので、自然と周りに応援される子ですね。

オフィスの描写では、私が過去勤務したことのある企業での記憶を辿った部分もあったりします。真冬が敵役の梨絵に毅然とした態度をとるシーンでは、当時職場でちょっとだけあった自分のモヤモヤを勝手に昇華させました（笑）

番外編では主役たちに加えて、もう一組の大人のカップルのその後も書かせていただきました。二組ともお幸せに！　真冬の見た夢、現実になりそうですね。

最後に、うっとりするほど美麗な表紙と挿絵を描いて下さった茉莉花先生を始め、編集ご担当者様、本作の刊行に携わっていただいた全ての方々に心からお礼申し上げます。

そしてなにより、この作品を最後まで読んで下さったあなたに心からの感謝を！

これからも読み終えた時、少しでも幸せを感じていただけるようなお話を書いていきたいです。

またどこかでお目にかかれますように。

森野りも

★著者・イラストレーターへのファンレターやプレゼントにつきまして★
著者・イラストレーターへのファンレターやプレゼントは、下記の住所にお送りください。いただいたお手紙やプレゼントは、できるだけ早く著作者にお送りしておりますが、状況によって時間が掛かる場合があります。生ものや賞味期限の短い食べ物をご送付いただきますと著者様にお届けできない場合がございますので、何卒ご理解ください。

送り先
〒160-0022　東京都新宿区新宿 1-36-2　新宿第七葉山ビル 3F
(株) パブリッシングリンク　蜜夢文庫 編集部
〇〇（著者・イラストレーターのお名前）様

二度目の結婚生活で甘く豹変した夫に初めてを奪われました

２０２４年９月１７日　初版第一刷発行

著……森野りも
画……茉莉花
編集……株式会社パブリッシングリンク
ブックデザイン……しおざわりな（ムシカゴグラフィクス）
本文ＤＴＰ……ＩＤＲ

発行……株式会社竹書房
〒102-0075　東京都千代田区三番町８－１
三番町東急ビル６Ｆ
email：info@takeshobo.co.jp
https://www.takeshobo.co.jp
印刷・製本……中央精版印刷株式会社